Dominique Fabre est né en 1960 à Paris. Il a exercé divers métiers, en France et aux États-Unis. Ses romans et recueils de nouvelles ont tous été salués par la presse, en France comme à l'étranger.

Dominique Fabre

IL FAUDRAIT S'ARRACHER LE CŒUR

ROMAN

Éditions de l'Olivier

TEXTE INTÉGRAL

ISBN 978-2-7578-3221-9
(ISBN 978-2-87929-980-8, 1re édition)

© Éditions de l'Olivier, 2012

Le Code de la propriété intellectuelle interdit les copies ou reproductions destinées à une utilisation collective. Toute représentation ou reproduction intégrale ou partielle faite par quelque procédé que ce soit, sans le consentement de l'auteur ou de ses ayants cause, est illicite et constitue une contrefaçon sanctionnée par les articles L. 335-2 et suivants du Code de la propriété intellectuelle.

Vois, il est vide ce lit, bouleverse les couvertures,
Agite les draps en tous sens comme s'ils me cachaient encore,
Défonce le matelas au cas où je ne serais plus que de la laine cardée !
Il n'y a plus personne dans cette couche à deux places que j'occupais dans son entier,
Il n'y a pas un pli à la descente de lit
Et les rideaux sont endormis dans les bras l'un de l'autre.

JULES SUPERVIELLE

Il faudrait s'arracher le cœur

Un jour, quelqu'un sort d'entre les ombres, et sans savoir qui c'est, on se met à guetter cette personne, on se met à la suivre des yeux. Alors, on est rentrés dans un nouvel âge de la vie. Il peut durer des heures, des mois, des années. D'une certaine façon, ceux à qui c'est arrivé ont tous le même regard dorénavant. Il faudrait s'arracher le cœur. Il me l'avait dit, il y a une vingtaine d'années. Je n'ai jamais oublié son expression.

Sa peau était très blanche, on aurait pu imaginer des veines juste en dessous. Une peau de fille, j'ai entendu dire ça à son sujet. En tout cas, il n'avait rien d'une fille, à part la peau. Il marchait longtemps dans les rues, sans savoir quoi faire. Il ne parlait presque pas à ses parents, il raccrochait le téléphone en leur disant, à eux, à d'autres, qu'il était super occupé, oui tout baigne, il rappellerait plus tard. Il ne rappelait jamais. Je me souviens même la fois où il a dit : je suis occupé, et où j'avais déjà deviné son geste de reposer le combiné, ce qu'il a fait dès la fin de sa phrase. Ce que j'ai ressenti, et que j'ai écouté. Sans le vouloir, je lui ai peut-être sauvé la vie. Pourtant, de cette histoire, aucun de nous n'est sans doute le vrai héros. Il n'y a pas eu de héros. Je me souviens du trajet que j'ai fait. Je me sentais pressé et froid, comme un employé du SAMU ou un ambulancier. Il habitait un grand studio près de la station Pereire, moi je venais de Clichy-Levallois. Ou La Garenne. La gare s'appelle Clichy-La Garenne mais, dans la géographie des lieux, on pense plutôt à Clichy-Levallois. Ce sont deux communes qui ne se touchent pas que des yeux. À peine le temps de sentir que là, tout était différent, là où il habitait. Il n'a pas répondu lorsque j'ai sonné. Je n'ai sans doute pas tambouriné. J'ai appelé son prénom de plus en plus fort, mais bon, rien. La porte d'en face, une double porte, en faux teck éclairci. Ses parents avaient fait de lui un type moyennement riche déjà à la naissance. J'ai poussé la porte de chez lui. Il a essayé de se lever quand il m'a vu. Je me souviens de m'être dit que ça ne se faisait pas de rentrer comme ça chez les autres. Son tableau de petit maître, un Di Rosa je crois, dont il disait qu'un jour il lui suffirait de le vendre pour faire le tour du monde. La façon dont il a essayé de se lever. Ses pieds nus. Je suis surpris aussi de mon sang-froid, comme si j'étais né pour m'occuper des gens dans son état, ou peut-être des mourants. Pourtant, je suis douillet, et bien sûr, j'ai peur du sang. J'ai peur des coups, et par-

dessus tout de la maladie. Cette histoire date de l'époque de la découverte du virus du sida. En fait j'ai certainement moins peur de la mort que des chemins qui y conduisent. Nous sommes des millions comme ça.
— Tu es là ?
— Oui, je t'ai appelé tout à l'heure, tu ne m'as pas répondu.
Je ne savais pas comment on fait vomir quelqu'un. Je ne regardais pas la télévision. J'en avais récupéré une noir et blanc au pied d'un arbre, qui marchait. J'ai eu trois télévisions récupérées au pied d'un arbre ou sur un trottoir de banlieue, avant d'en avoir une à moi. J'aurais pu en avoir plus, évidemment. Mais bon.

Son teint n'était plus blanc, mais déjà, ou encore ? un peu gris. Sa pomme d'Adam allait et venait, comme si c'était son agitation qui l'obligeait à garder la tête renversée sur le dossier du divan. J'ai pensé à prévenir ses parents.
— Qu'est-ce que t'as pris ?
Il m'a montré vaguement les boîtes de comprimés par terre, sur la moquette. Il y avait des trous de cigarette dedans. Ça m'a choqué, même si ça n'avait aucune raison d'être dans l'urgence de ce moment. J'ai dû imaginer la crise que ma mère aurait piquée si quelqu'un avait brûlé la moquette chez elle. Il a essayé de se lever, il regardait du côté de la fenêtre. Mais à chaque fois, il a dû se rasseoir, les jambes écartées, la tête haute.

— Reste tranquille, ça ne sert à rien. Tu n'y arriveras pas.

Il m'a regardé comme si on ne se connaissait pas, ou comme un adolescent qui observe d'un sale œil le médecin du SAMU, parce que ce dernier ne va pas le laisser tomber.

— Vous voulez mourir ? Vous vous êtes trompé dans les doses. La prochaine fois demandez-moi, parce que là vraiment c'est loupé !

Puis, à un moment, il a eu l'air de réaliser quelque chose. Les instants qui suivent sont embrouillés. Pour résumer, je penserais plutôt à la grande double porte en bois clair de l'appartement d'en face, sans que je sache pourquoi. Il faut bien que s'écrive ce genre d'histoires. Il faudrait s'arracher le cœur, voilà la vraie solution.

J'ai pris les boîtes de médicaments, je n'y connaissais vraiment rien. J'ai pensé au pilulier de ma mère, un cadeau pour la fête des mères car c'était décoratif, sur le petit guéridon. Je me suis souvenu de l'expression, Inscrit sur le tableau B. Était-ce grave, les médocs du tableau B ? J'ai entendu son souffle qui déjà, me semble-t-il, était redevenu plus régulier. Son teint gris me paraissait moins gris. On s'habitue à ses chagrins. On s'habitue même à sa maladie. Rapidement, si ça se trouve, on doit prendre ses marques dedans ? Les bonnes et les mauvaises journées vont jusqu'au bout de nos vies.

— Tu veux que j'appelle un médecin ?

Il ne m'a pas répondu. Il avait la tête complètement renversée sur le divan, maintenant. Il faisait partie de ces types qui meublent la pièce d'un divan et le divan prend toute la place dès qu'ils se trouvent assis dessus. Alors, j'ai fait un geste idiot. Je lui ai mis la main sur le front. Il l'a retenue, et j'avais presque oublié qu'il était malade, maintenant. Il puait l'alcool comme pour me prouver qu'en effet il avait bu du whisky avant de s'enfiler ses comprimés. Il a presque esquissé un sourire, ou il en a eu l'idée, comme s'il était à deux doigts de m'en faire cadeau. Pourtant, je n'aime ni les grandes, ni même les petites charités.

Sous la paume de ma main droite, la veine presque bleue de son front pulsait. Je me rappelle lui avoir posé une main sur le genou pour écouter à l'aise son cœur sous son front. Il avait froid. Il m'a regardé sans rien dire pendant que je lui proposais d'appeler le médecin. J'avais cessé de paniquer même si je ne m'y connaissais pas en médicaments du tableau B. Lui je le connaissais. Je ne sais pas pourquoi, mais j'avais assez de confiance en moi pour être sûr qu'il ne lui arriverait rien. On entend souvent parler des suicides, aujourd'hui. Mais ce n'est pas si facile de se suicider à coups de cachets, à vingt ans. Il faut un geste sans amour, ou au contraire, plein d'amour.

– Bon. Tu fais chier. J'appelle le médecin.

Il n'a rien répondu, comme s'il n'avait pas l'air de comprendre.

Il y avait de la distance entre lui et moi. Il y aurait toujours la même distance et je serais tenté de dire : par sa faute. Mais, disant cela, il ne me répondrait sans doute pas, il se contenterait de me regarder jusqu'à me faire admettre que non, ce n'est pas vrai. J'ai cherché des yeux le combiné. Il l'avait enlevé du socle ; un téléphone blanc. Il avait dû le prendre chez ses parents place Pereire. Je l'ai trouvé près du divan. Et ensuite, je l'ai porté à mon oreille en ayant l'impression de faire semblant. J'ai vraiment fait ce geste idiot comme si, pour remettre de l'ordre dans sa vie, dans sa santé, et effacer son suicide loupé, il fallait que je commence par vérifier sa ligne téléphonique. Dans les années quatre-vingt, des lignes téléphoniques sont détournées. Parfois, le soir, nous sommes plusieurs centaines à nous connecter et nous bavardons des heures de tout et de rien. Les gens parlent de sexe, se donnent d'improbables rendez-vous, se font poser des lapins dans plein d'endroits des Hauts-de-Seine, de toute la région parisienne. Il avait eu la force de débrancher. Je me suis dit : il a eu la force de débrancher son téléphone, après ça avait appelé et sonné longtemps dans le vide. Il avait gardé toute sa malice. C'était encore un argument en faveur de la vie à ce moment-là. Mais j'avais aussi l'impression de m'être un peu fait avoir. Je l'aimais, à ma façon. Et lui aussi sans doute m'aimait bien, à la sienne. Il faudrait s'arracher le cœur, on serait plus tranquilles comme ça.

On n'a pas attendu longtemps. J'ai composé le 17 en espérant ne pas tomber sur la police mais bien sur les pompiers. Puis, ils m'ont demandé de confirmer l'adresse. Des questions sur son apparence, son pouls, lui il regardait nulle part sans entendre, le temps que ça avait duré ? Il y aurait des lumières de gyrophare, une alarme quelque part, près de la station Pereire, au début des années quatre-vingt. Il m'a parlé à voix basse. Ce n'était pas la peine de les déranger.

– Sept minutes environ, ils m'ont dit, comme s'ils étaient habitués à ce genre de question.

Il m'a fait signe de venir près de lui et j'ai obéi.

– Ils arrivent bientôt.

Il a reposé la tête sur le dossier du divan quand je suis retourné m'asseoir.

– Il faut que je me lève. Tu peux m'aider ?

Sa voix était patibulaire, à ce moment-là. Les occasions d'une vie où le mot patibulaire prend tous ses droits sont assez rares. Sa voix ne le ramènerait jamais sur les bancs de la fac de droit, à Assas où il allait alors, « chez les fachos ». Ni ne l'emmènerait sur ceux de Paris X Nanterre et de Sciences Po. Sa voix et son souffle aussi quand je l'ai pris par la taille et qu'on a marché tous les deux, lentement, vers la salle de bains. Il avait seulement envie de pisser. Une ombre de sourire a dû croiser ses yeux lorsque j'ai été obligé d'ouvrir sa braguette. Il m'a murmuré merci. J'étais ressorti des toilettes et je devais l'attendre juste derrière la porte. C'était la première fois que je voyais son sexe, je me souviens aussi de ça. Ils sont vite arrivés.

* * *

Ils ont dit bonjour sans serrer la main. La vraie question que je n'ai pas osé leur poser : serait-il mort si je n'étais pas venu à son secours, sans le savoir, me devait-il vraiment la vie ? Ils ont pris les constantes.
– Vous pouvez vous lever ?
– Oui.
– De quand date la dernière prise des comprimés ?
Il essayait de faire le vide en lui, si je me souviens bien. Il gardait la tête posée sur le dossier du divan et quand il devait répondre à une de leurs questions, il semblait vouloir la relever, histoire de se remettre les idées en place, mais ça ne servait à rien. J'ai cherché son vêtement, un imper vert était roulé en boule près de ses disques. J'ai pensé que c'était dommage, tout ça. J'aurais préféré écouter des disques avec lui, et peut-être fumer un pétard.
– Vous nous accompagnez ?
Le type m'a parlé d'un ton doux et rapide comme si, quelque part, il avait adopté une voix, une attitude dont le but était de prendre la mort de vitesse, de ne pas s'en faire remarquer. Il lui a donné des petites baffes comme s'il voulait seulement remettre sa tête droite gorge découverte sur le haut du divan, en attendant la fin. Sa pomme d'Adam. Pourquoi on appelle ça comme ça ? En fait, il voulait simplement dormir. Cela lui faisait peut-être un peu

de peine, de ne plus pouvoir se concentrer sur son chagrin depuis qu'il avait tenté de se suicider et fait en sorte de m'inquiéter assez pour que je vienne à son secours. Je me souviens du bruit assourdi derrière la double porte en bois clair des voisins d'en face. Nous sommes descendus dans la rue.

* * *

J'ai vingt ans révolus. Je porte l'imper vert et la petite écharpe à carreaux genre écossais d'un autre, ce garçon dont je suis amoureux et qui vient d'avaler des cachets pour ne pas vraiment mourir. Nous nous rendons à l'hôpital. On n'a pas attendu longtemps aux urgences. Ils m'ont laissé devant la porte battante, interdiction d'entrer. Une femme en uniforme blanc, veste et pantalon, m'a dit de m'asseoir pour patienter, comme si j'étais un autre. Ils veulent toujours qu'on reste assis aux urgences. Je n'avais eu qu'une pensée pour lui, parce que nous devions nous voir et que son téléphone sonnait dans le vide, celui du début des années quatre-vingt, que nous utilisions des heures entières, à dix, à cent, sur des numéros détournés du réseau. Quand je pense à ces milliers de mots partis dans l'air aux heures creuses de la nuit, il y a déjà tant d'années ! Je pense bien sûr au temps perdu, comme à de gigantesques brouettes de terre morte jetées dans le vide, pour rien. Cela m'avait soulagé que nous arrivions si vite à l'hosto. J'ai attendu parmi les autres gens, ceux de la nuit.

Les gens de la nuit aux urgences sont souvent ivres, ou bien ils ont de grosses crises d'angoisse qui ne leur servent pas à grand-chose, mais ils vont à l'hôpital en prévision du pire qui n'a pas encore eu lieu. J'ai attendu pas loin d'une heure. Je suis allé fumer une cigarette à l'entrée. Brancardiers en blouse blanche, avec un petit transistor. Internes ayant encore dans les yeux leurs bonnes notes en maths, leurs nuits entières à réviser.

– Vous n'avez pas un franc ? je sors de l'hosto, ou j'y rentre. C'est pour la machine à café.

Gens alités quelques jours qui sortent en pyjama, en fauteuil roulant, avec une perfusion, quelque chose de plâtré qui les immobilise. Je fumais des Craven A à l'époque. Parfois une ambulance arrivait, ou des gens soutenus par d'autres parce qu'ils s'étaient malencontreusement coupé le ventre en voulant ouvrir une bouteille, ils étaient tous pris en charge de la même manière méthodique et non violente, si on peut dire les choses comme ça. À un moment, je suis retourné m'asseoir et j'ai eu une mauvaise impression, je m'en souviens encore, ces choses sont très anciennes pourtant. Si je n'avais pas de nouvelles dans cinq minutes, c'est qu'ils ne voulaient pas m'en donner. Surtout, j'étais surpris de me retrouver là, sans aucune explication.

Les pompiers avaient emporté les boîtes pour les montrer sans doute à ceux qui le prendraient en charge aux urgences de Beaujon. Ils devaient lui faire un lavage d'estomac. Bientôt, je serais seul, j'ai dû me dire une chose comme ça. Parmi toutes les horloges du monde, certaines ne servent à rien. Et puis, sans avertir, commence un compte à rebours macabre pour certains d'entre nous, qu'ils en soient conscients ou pas. Je suis retourné m'asseoir. Pas plus aujourd'hui qu'hier, je n'aime les maladies. J'ai peur de l'hôpital évidemment et, quand bien même je voudrais faire le bien autour de moi, autant que possible, je change de trottoir quand j'aperçois une jeune personne en blouse blanche qui affiche un grand sourire et vous demande un quart d'heure de votre temps pour vous pomper du sang. Fermez bien le poing, oui c'est ça, après il y aura une collation gratuite. Je n'étais personne dans sa vie, en fait. Il aurait peut-être mieux valu que je parte, ils avaient certainement appelé ses parents. La porte des urgences dans la pénombre, un peu éclairée par les hauts lampadaires, les sirènes qui s'interrompent, suivies de la rythmique bleue des gyrophares qui tournent sans un bruit. Je suis arrivé près d'une femme qui sortait du bâtiment, celle qui m'avait dit de m'asseoir une bonne heure auparavant.

– Ah oui, c'est vous. Il veut vous voir. Suivez-moi.
– Il va mieux ?
– Oui, oui, ça va. Ne vous en faites pas pour ça.

Il était seul dans une chambre à deux lits. Les portes dans ce couloir étaient ouvertes, à part celle de la salle de soins, très grande, où les gens venaient parfois pour des soucis modestes ou des bêtises. J'ai trouvé ça curieux qu'on l'ait mis à l'écart, comme s'il avait été malade pour de bon. Il avait gerbé, il m'a dit, puis ils lui avaient posé une perfusion. Il a regardé le tuyau.

– Tu te sens mieux alors ?

Il ne m'a pas répondu. Il s'est tourné tout à fait vers moi. En fait, ils attendaient qu'une chambre du service se libère pour le garder cette nuit.

– Je vais bien, ils veulent que je reste quand même, ils font chier.

Il a bâillé à s'en décrocher la mâchoire.

– Tes parents vont arriver ?

Il a souri, sans joie. Je n'ai appris que plus tard, dans les semaines suivantes, certaines choses les concernant, eux et lui.

– Ma mère est à Deauville en ce moment, je crois.

Ces mots, la côte, la mer, ont dû me faire rêver souvent, à l'époque. Il a fermé les yeux.

– Ils ont raison de te garder, tu sais.

J'ai dû lui dire un truc comme ça. Il a laissé ses yeux fermés.

– Je viendrai demain si tu veux, OK ?

Il a eu encore un vague sourire mais pour lui seul, qui ne m'était pas directement adressé en tout cas. Il venait peut-être des calmants qu'ils lui avaient donnés dans la perfusion ? Il aura toujours été comme ça avec moi.

– Tu n'as rien d'autre à faire ?

Je n'ai pas su quoi lui répondre. D'accord, si j'y tenais. Il était dur avec moi et je n'arrivais pas à lui en vouloir.

— Tu peux dormir chez moi si tu veux, tu pourras répondre au téléphone, tu demanderas qui c'est.

Ses mèches noires sur le front, ses tempes un peu roses, qui me donnaient envie de les toucher doucement comme si j'étais un genre de magicien. Quand j'y repense, toutes ces années, j'aurais vécu un tel amour sans même en savoir le nom. Je me suis assis sur le bord du lit. Dans l'autre chambre, en face, un homme était branché à un tas d'appareils qui n'avaient pas l'air de suffire. Mais, à la réflexion, c'était seulement qu'il était seul et sans personne pour lui tenir la main ou espérer des choses pour lui. Il a regardé la perfusion.

— Tu veux pas m'aider à l'enlever, que je me casse d'ici ?

Je lui ai dit non, tu restes ici, t'as pas le choix, c'est mieux pour toi. Il m'a insulté à voix très basse comme si la paroi de sa gorge était abîmée. Il s'est tourné un peu de l'autre côté, vers la perfusion. Son avant-bras devant lui, paume en haut, comme ouverte, avec l'aiguille scotchée dans le creux du bras : il faudrait s'arracher le cœur. Je lui ai mis la main sur l'autre épaule, maintenant qu'il boudait et ne me voyait pas.

— Alors tu vas chez moi ? Merci.

Ses parents n'étaient pas arrivés. Sa mère devait être dans leur maison en Normandie. Il avait un grand frère militaire de carrière, à Tahiti. Ils se voyaient une fois tous les deux ans, voilà tout. Il avait de nouveau sa pomme d'Adam presque à nu, j'avais parfois envie de la toucher, de la calmer rien qu'en posant les mains dessus. Pourtant, je ne sais pas faire ces choses. Je n'ai jamais réussi de magie pour personne, au début des années quatre-vingt, mais je devais l'espérer. Je l'espère encore aujourd'hui. En fait je n'ai jamais réussi jusqu'à aujourd'hui. Il n'a pas mis trop de temps à s'endormir. La femme dont je me souviens bien fumait une cigarette à la sortie des urgences. C'était une menthol, je me rappelle des détails lointains, sans incertitude. Ses cheveux courts très fins. Ses yeux marron clair, son ruban mauve pour retenir une sorte de couette au sommet de son crâne.

– Il va mieux ?

Elle m'a demandé ça quand je me suis rapproché d'elle. Elle savait que dans un hôpital on donnerait parfois n'importe quoi pour un contact humain, un truc gratuit qui suffit quelquefois à vous rassurer.

– Ses parents ne sont pas là ?
– Non, ils ne sont pas encore arrivés.

Elle a simplement hoché la tête. Son nez épaté, ses yeux calmes, elle devait juste vouloir être tranquille et parler un bref instant à sa cigarette menthol.

– Je vais repasser demain, je lui ai dit.
– Ah bon, vous repassez demain ?

Elle a eu un sourire gentil.

– Oui, bonne nuit.

J'avais ses clés dans la main. J'avais fini par accepter de dormir chez lui, de l'attendre là-bas plutôt que de rentrer chez moi, dans ma chambre à Clichy, et d'oublier tout ça.

* * *

Il voulait repartir avec moi, et comme ça, chez lui, ils seraient rassurés puisque je l'avais déjà sauvé une fois ; mais en fait, il devait rester en observation. Parfois, même s'il ne parlait pas beaucoup, ses mots paraissaient s'entrechoquer en sortant de sa bouche, comme les mots d'un bien portant.

– Pourquoi tu as fait ça ?

La question me brûlait les lèvres, comme à tout le monde humain, dans ces cas-là. À un moment, comme je lui avais redit qu'il ne devait pas sortir de la chambre avant de s'endormir, même si je restais à ses côtés à le veiller, ça ne changerait rien, il m'a dit son prénom, et ça s'est arrêté là. Il pensait sans doute que c'était dommage de l'avoir fait s'il n'y avait personne pour la mettre au courant. D'un autre côté, à ce stade du chagrin d'amour, on pouvait se douter qu'elle ne supporterait pas de le savoir et que ce serait une bonne raison de plus pour elle de s'éloigner de lui.

– Bon, d'accord.

J'avais fini par accepter, de guerre lasse. Ça ne me plaisait pas beaucoup de rentrer dans son histoire, moi qui n'en avais pas vraiment une à moi. Je lui rendais un grand service, il m'a dit. Il avait besoin de quelques affaires. Si je pouvais les lui apporter le lendemain ? J'ai voulu dire non. J'aurais pu appeler un de ses vieux copains de la place Pereire qu'il connaissait depuis toujours. Parfois, je les avais rencontrés à des fêtes chez lui, lorsque j'y allais.

Quelques jours plus tard, une fille en Austin rouge serait venue l'écouter, lui tenir la main mieux que moi. Mais non, ce n'était pas ainsi qu'il envisageait les choses. Il avait fermé les yeux, comme si c'était la meilleure façon de clore la conversation. Ou alors, les cachets, d'ailleurs il avait trop mal à la gorge à cause du lavage d'estomac. Il y a tellement d'années de cela. Pourtant, je me rappelle avoir guetté la femme en blanc des urgences, celle qui avait les cheveux courts, fumait des Royal Menthol et avait pris la peine d'échanger avec moi quelques paroles sur le parking des urgences de l'hôpital Beaujon. Je suis rentré chez lui. J'ai pris mon temps. J'ai marché jusqu'à la porte de Champerret puis je suis allé vers Villiers. J'ai traversé le boulevard désert vers Pereire. Rien à voir avec la grande avenue qui traverse Clichy, des cafés ouverts, ou en tout cas allumés, ces souvenirs datent d'avant les kebabs installés là vers la fin des années quatre-vingt. Les vendeurs de voitures d'occasion tiennent le haut du pavé, autour de la porte, ces années-là. Les breaks garés en double file. On a eu un choc pétrolier avant, on l'a appris en classe et puis, ça s'est tassé. Les banlieusards achètent leurs voitures à crédit et partent vers le printemps voir la mer à Dieppe, à Cabourg, à Deauville. Ce sont les endroits imaginaires par où entre de la beauté dans leur vie.

Quelque part, le boulevard périphérique est encore plus idiot qu'aujourd'hui. Aux portes de Paris on a peur des trafiquants d'héroïne, on ne peut « pas faire confiance à un mec qui se pique ». Nous le disons tous en y croyant vraiment, sauf à Untel, Unetelle, moi c'est mon ami Jérôme qui n'est pas comme ça. De toute façon, presque tous sont morts aujourd'hui. Il faudrait s'arracher le cœur pour cette raison aussi, si on a besoin d'une raison pour le faire, ou pour se l'expliquer. Ses parents n'habitaient pas loin de chez lui. Vers la fin de l'adolescence, il avait organisé des grandes fêtes chez eux. Il m'avait souvent invité.

– Tu viendras ?

J'étais de l'autre côté de la Seine, et, de toutes ces différences dont on ne veut plus parler, j'avais fait un nœud dans ma tête, un nœud ou quelque chose, même si je le gardais pour moi. Mais, aux grandes fêtes, il m'invitait toujours. Une fois, à celle où un copain à lui devait apporter sa chaîne stéréo, où les filles les plus délurées finiraient par danser seins nus (interdire la chambre des parents aux débordements érotiques !), j'étais arrivé en retard, vers minuit. Je n'étais pas resté longtemps car je ne pouvais pas me mettre au diapason. Ces gens heureux, pas tous de bonne famille, mais capables de mettre entre parenthèses ce qui n'allait pas dans leur vie, toute une nuit. On dansait, on buvait, on rentrait chez soi. Ceux qui avaient un chez-soi, ou chez les autres, chez toi, chez elle, chez lui. Est-ce depuis ces années que le petit matin me fait toujours l'effet d'une fête ratée, ou tellement hors de propos qu'on en oublie vite les contours ? Cette fois-là, j'étais venu tard et en coup de vent, j'avais apporté une bouteille de vin et prétexté le dernier métro. J'avais été surpris qu'il me l'ait reproché le jour suivant au téléphone. Cette attention à moi avait dû me faire plaisir.

***

Chez lui. La grande porte d'en face, en bois clair, m'a encore fait un drôle d'effet, comme si c'était une sorte d'écran de contrôle de nos vies : à qui ressemblerais-je plus tard ? Serais-je abrité du monde par une double porte en bois clair moi aussi ? J'ai tout de suite ouvert la fenêtre pour aérer. Dans les toilettes, j'ai tiré la chasse plusieurs fois et j'ai mis du produit pour récurer. De la bombe fraîcheur. Ces choses, je ne les faisais pas chez moi où d'ailleurs les toilettes étaient sur le palier. Mais chez lui, si, je les ai faites. Il avait beaucoup de choses à lui pour un garçon de son âge. Ses goûts, on les reconnaissait sans problèmes, comme les disques qu'il achetait. Je me rappelle la Fnac Wagram où il allait avec ses copains d'avant. Parfois, des scooters rassemblés sur le trottoir d'en bas. Une fille en Austin ou qui conduit la voiture de sa mère ou de son père. Leur vie serait peut-être douce et ordonnée, longue mais pourtant assez heureuse, je ne pensais pas toujours ces bêtises-là à leur sujet. Son répondeur. J'ai appuyé sur la touche play. Les voix ressortaient de la bande, encore plus ternes, comme de l'acier. Je voulais me nettoyer de l'hôpital et effacer d'ici tout ce qui pouvait faire penser à une TS, comme il disait.

On ne pouvait pas dire qu'il était malade. Au jour le jour il devait même être bien portant, on pourrait aller jusque-là. Mais, de temps en temps, comme un type qui ne cesse de grimper une haute montagne finit par se rendre compte qu'il est seul, là où il est, et qu'il doit faire son deuil de toute amitié, il avait des accès de vertige et avalait des médicaments. Ensuite, comme cette fois-ci, probablement sans s'en rendre vraiment compte, il se débrouillait pour alerter quelqu'un qui le sortirait de ce mauvais pas. Ma mère, à qui je racontais ça quelques jours plus tard, un dimanche, avait suivi mon histoire en plissant les yeux. Parfois elle avait presque souri en hochant la tête. Elle avait l'air de savoir. Elle ne pensait pas à un vrai suicide quand elle entendait parler d'un, ou à un vrai chagrin quand quelqu'un d'autre qu'elle en avait un. Elle m'avait dit : Ben voyons, il a eu de la chance de t'avoir. Le lui as-tu fait remarquer, à ton copain ? Il faut quand même qu'il fasse attention... À force de crier au loup...

L'odeur de la mort et de la maladie ne disparaît jamais complètement. Elle reste tapie là, pas besoin de se cacher derrière les murs. Elle stagne dans les recoins, sous les tapis, nulle part. Elle est au bout de nos yeux, là où des gyrophares tournent en silence, plus ou moins rapides, à Paris, en banlieue, toute la nuit.

Ses habits n'étaient pas repassés. Il y avait plusieurs chemises blanches les unes sur les autres dans une grande armoire. Ça me gênait d'être chez lui. En somme je n'avais sans doute rien à y faire. À vingt ans on croit qu'on a une vie dehors qui nous attend. Mais elle ne nous attend jamais comme on voudrait, jamais où on croit qu'elle devrait non plus, où est le bon endroit ? Je ne connaissais pas mon bon endroit. Je ne l'avais jamais connu. Ou bien ne m'en étais-je jamais rendu compte ? Je n'avais pas emporté toutes les boîtes de cachets quand nous étions partis dans l'ambulance pour les urgences de Beaujon. J'en ai jeté à la poubelle, je descendrais le sac plus tard avant de partir. J'ai terminé de ranger, je voulais seulement rentrer chez moi. Je ne cherchais pas le contact humain, pas plus à vingt ans qu'aujourd'hui. Peur d'aimer. Peur de ne pas aimer. Peur de se faire du mal. Ses chaussettes blanches de tennis, à la mode de ces années-là. Je me souviens de Jérémie Verniaud et de Jacques Armentières avec qui il jouait. Jérémie Verniaud était classé, je me souviens de ce mot-là, classé. Il faisait des revers dans la rue, en marchant dans les couloirs de notre bahut, l'air brumeux et concentré. Il smashait dans les escaliers du métro. Qu'est-ce que ça pouvait bien lui apporter d'être classé au tennis ? Je n'ai jamais vu son nom parmi ceux des joueurs qui passaient à la télé, il prenait grand soin de ses chaussures.

Ses disques, le *Köln Concert* de Keith Jarret qu'on écoutait en boucle ensemble, avant ; d'autres choses, Daddy Cool, Macao oh Macao, le Grand Orchestre du Splendid, les Sex Pistols, des bandes-son des soirées où il allait avec une de ces filles de Pereire. La petite table au fond de la grande pièce. Je me suis assis à sa place. On voyait les lueurs de la rue, on devinait les feuilles des arbres du boulevard. Il était très tard déjà, et, sinon lui venir en aide, je n'avais rien foutu de ma journée. J'ai pris son tabac sur la table, mélangé à de la marie-jeanne, nous en fumions tous depuis le lycée. Pourquoi je me souviens si bien de ce soir-là ?

Ce soir, à travers les années, je revois distinctement un jeune homme qui me paraît être moi. Il porte à ses narines des brins de tabac et de marijuana ; puis, sur une étagère au mur, je vois des livres de droit, ce gros bouquin rouge qui se transmet de génération en génération et dont on fait les avocats, les juges, les bourreaux et tout un tas de tricheurs courtois qui jouent avec leurs dés pipés derrière de grandes doubles portes en bois clair. Il en ferait peut-être partie, un jour ? Il faudrait s'arracher le cœur mais à vingt ans, on est moins sensibles aux autres, après, il sera presque trop tard peut-être bien. Je parle des gens comme vous et moi, comme lui et vous, et moi. Il ne m'avait pas l'air très affecté, finalement. Je me suis dit que je ne me louperais pas si je le faisais. Puis, une ou deux fois, ces années-là, j'en ai été beaucoup moins sûr que ça. J'aimais bien écouter des disques sur sa grosse chaîne stéréo, aux baffles Bang et Olufsen. Il m'avait dit qu'il avait travaillé tout un été pour les acheter. Je n'aurais jamais eu des trucs comme ça, moi, même si je devenais aussi, sans trop comprendre comment, un jeune homme de Pereire. J'ai sorti ma barrette de shit. Le shit, c'était un autre point commun entre lui et moi. Nous n'en avions sans doute pas tant d'autres que ça. Avec sa chaîne, c'est comme si on entendait les basses par la plante des pieds. Je me souviens qu'on avait éclaté de rire, on était vraiment défoncés ce jour-là, je devais me figurer des oreilles à la place des doigts de pied, ou quelque chose dans le genre. Puis, tôt le matin, marcher vers la porte d'Asnières, vers une autre journée de ciel gris ou bleu, sans but précis : tout ce temps perdu, jovial et dont on ne sait pas qu'il va finir par s'épuiser, sans hâte, sans traîner pour autant.

Quelques romans de ceux qu'on lit en classe, je les connaissais moi aussi. *L'Étranger* de Camus. *Les Mots*, *Paris est une fête*, *Fin de partie*, *Le Deuxième Sexe*, *L'Astragale*, *Post Office*. *Le Ravissement de Lol V. Stein*. *Moderato cantabile*. *India Song*. Je me souviens bien d'*India Song*. Nous sommes passés du *Köln Concert* à *India Song* cette année-là : le monde a changé sans savoir. J'ai attendu qu'il fasse jour en fumant des pétards, assis sur le divan où je l'avais trouvé la tête renversée, la parole ralentie par les cachets qu'il avait ingurgités. C'était confortable chez lui, alors, dans le fond, je pourrais bien rester encore un peu puisqu'il me le demandait. Je suis rentré dans son histoire comme ça, par hasard. Quand je pense à lui, maintenant, je ne revois qu'avec difficulté sa tête renversée sur le divan, parce qu'il a loupé son geste et qu'il attend que l'on s'occupe de lui, mais je revois ces autres fois, toutes ces autres fois, ces quelques années où nous avons eu l'impression de ne pas pouvoir empêcher le bonheur, les fêtes, les rencontres imprévues au monument aux morts de la gare Saint-Lazare, et même, une ou deux fois par semaine, dans les couloirs de Paris X Nanterre, où il avait déjà terminé une licence.

Puis, il faudrait s'arrêter là. On aura eu vingt ans, et en fin de compte, même après avoir avalé tous ces cachets, il avait voulu continuer de vivre. J'ai passé plusieurs nuits chez lui, finalement. Je n'avais jamais habité à Pereire et, sans que je me l'avoue, ça devait me plaire de jouer au garçon des beaux quartiers. La première fois, je suis retourné le voir en me disant que c'était la dernière, car lui et moi, on n'était même pas intimes, il n'aurait sans doute pas toujours envie de rester sous le regard du témoin de ses jours et de ses nuits. Puis, j'avais du travail à faire, ou même si je n'en avais pas, j'avais toute une vie à faire, un appart à trouver et bien sûr, si je devais arrêter mes études, il faudrait bien que je me dégotte quelque chose pour m'occuper dans la vie. J'ai pris un sac plastique pour ranger une chemise, des slips, des chaussettes, et suis passé dans la salle de bains. Il avait aussi une vraie salle de bains – je me suis rappelé celle de chez ma mère, avant. Sa machine à laver, elle ne marchait pas comme dans les libres-services, c'étaient des petites choses que je pouvais faire pour lui. Je me souviens bien du trajet à pied entre chez lui dans le dix-septième arrondissement et l'hôpital Beaujon à Clichy. Le no man's land avant la porte sur le périphérique. Les vieux immeubles gris auront mis des années à disparaître. Les vendeurs de voitures d'occasion, les types garés en double file bavardent avec un air absent, le moteur tourne au ralenti, ils n'ont pas de curiosité. La vie comme elle avance au pas, au début de ces années-là. Le péril rouge, planquez votre argent en Suisse, un peu comme aujourd'hui. Parfois je devais préférer Pereire comme quartier, je crois bien.

* * *

Il allait beaucoup mieux. Je me suis dit ça dès que je l'ai vu quand je suis entré dans sa chambre. Il dormait en chien de fusil. Sur le drap, *L'Équipe* était mal replié. Il faisait partie de ces types qui lisent *L'Équipe* quelles que soient les circonstances. Ils liront *L'Équipe* tous les jours de leur vie, jusqu'à ce que mort s'ensuive. Quelqu'un avait dû lui apporter ce journal, ou était-ce à l'étage qu'il l'avait eu ? Sa peau était moins pâle que lorsque je l'avais trouvé. J'ai posé le sac plastique ; dehors le temps n'était pas très beau. J'ai eu envie de le réveiller, ou bien je me suis dit que je devrais peut-être partir. J'ai regardé par la fenêtre de sa chambre. Parfois on voudrait voir des choses mais en vrai, on ne voit rien. Une rangée de bouleaux. Une barre avec de petits balcons en fer derrière un bout de la Seine, enfin, on la devinait plutôt. Des étendoirs en plastique, des vélos d'enfant, des cartons qui n'ont pas leur place ailleurs car le sommet des armoires et le dessous des lits sont déjà encombrés. Le sommeil hospitalier, je ne l'aime pas. Alors je me suis encore retourné. Cette barre, je l'avais habitée tout petit en nourrice, on nous emmenait nous les mômes le long de la Seine et le soir, en sortant du bureau, ma mère me ramenait chez nous après je ne sais plus quel travail. Je ne me souviens presque pas de celui qu'elle faisait à l'époque.

Je me rappelle les bacs fleuris sur le pont noir qu'on devait traverser. Le vent qui souffle depuis plus loin que la Défense. Et même si je ne m'en souvenais pas bien, de cet immeuble, j'allais souvent le voir quand je ne passais pas loin car il me rassurait. J'entendais son souffle dans mon dos. Ça lui ferait peut-être plaisir de me voir. J'ai déposé ses clés dans le tiroir de sa table de nuit, et puis j'ai décidé d'attendre un peu, je me suis assis au pied du lit. Il n'était pourtant pas le seul garçon dont j'avais été amoureux. En fait, de certains garçons et de lui, j'étais aussi amoureux que de la vie entière et aussi, de ce goût idiot qu'ils avaient de lire *L'Équipe* même au lendemain d'un suicide raté. De ce goût encore plus idiot et imprévisible de s'envoyer sur un coup de tête des tas de cachets pour rien, comme ça. J'en ai eu marre. Son souffle était régulier. Il ne disait rien du pourquoi. Je suis allé faire un tour dans le couloir à l'étage. Gens couchés, gens avec une perf au bras. Gens qui dormaient dans l'abandon comme s'ils avaient tout lâché. Je n'avais jamais vraiment vu tout ça, avant. J'avais seulement visité un copain de Jérôme à l'hôpital de Garches pour les victimes d'accidents de la route. C'était horrible, évidemment. Beaujon est un grand hôpital.

J'ai pris l'ascenseur au bout du couloir, je suis descendu au bureau des admissions. Voir ça m'avait donné envie de partir. Mais, à la place, je suis allé au kiosque pour lui acheter *L'Équipe* parce que je m'étais rendu compte qu'il en lisait un vieux. Quand je suis retourné dans sa chambre, il était réveillé.

– Tiens, salut tu es déjà passé, non ?

Il m'a montré le sac plastique sur la chaise de chevet.

– Pourquoi tu ne m'as pas réveillé ?

Il souriait. Ses cheveux noirs plantés bas sur le front, ils vous donnent envie de suivre le contour du bout d'un doigt, doucement, de parcourir ce front. On s'est fait la bise, comme sur un trottoir

où nous nous serions retrouvés, ou bien dans un couloir de Paris X Nanterre.
– Ben, t'es mignon quand tu dors.
– Espèce de pédé.
Il avait encore mal à la gorge. Je me souviens de nos conversations, si je me les répète, je cherche les mots magiques, ceux que je ne lui ai pas dits ou ceux que je n'ai pas su entendre, mais je n'y arrive pas. C'est trop loin, en un sens. Il était encore groggy, ils lui avaient administré une dose de sédatifs. Il avait déjà fait copain copain avec les infirmières de son étage, il ne savait pas pourquoi on l'avait mis en chambre seul. Non, il n'irait pas en psychiatrie. Il voulait rester là où ils lui avaient trouvé cette chambre, sinon il se barrait direct, il n'était pas un assassin, qu'on n'aille pas le mettre en prison, même si c'est à l'hosto. Au-dessus de la Seine, il y avait des nuages gris et lents, un soleil caché, lourd par là-bas, vers le ciel du fond. Bientôt, il est allé vers la chaise où je m'étais assis dans la clarté du jour.
– Je suppose que je te dois la vie, il m'a dit en souriant sans effort.
Je n'ai pas su quoi répondre. Il exagérait sûrement, mais bon. Lui était à l'aise dans ce genre de situation, il n'avait pas peur des mots, il n'avait pas la même maladresse que moi, si l'on peut dire. Il allait bientôt sortir. Ses parents devaient repasser : la tête de son père, si j'avais vu ça ! Sa mère était revenue de Deauville où elle vivait presque tout le temps. Il leur avait raconté une histoire à dormir

debout, peu importe qu'elle soit crue, c'était seulement pour donner le change, pour qu'ils ne lui coupent pas les vivres et lui foutent la paix dans son studio de Pereire. Tu comprends ?

À un moment, comme il s'agitait beaucoup à force de parler, les deux bras autour de ses jambes, je lui ai mis la main sur la bouche. Il m'a regardé comme un enfant étonné qui ne comprend pas pourquoi l'arbitre siffle une faute, la mi-temps ou la fin du rêve qui l'habite de ne pas être cantonné sur le banc de touche, dans sa vie. Il a encore plus joué la comédie, après ça.
– Tu trouves que je parle trop ? Mes parents me disent ça, les pauvres...
Ses paroles me font sourire, encore aujourd'hui. Pourtant il n'avait pas toujours envie de faire semblant. Parfois il parlait simplement comme un jeune type de la station Pereire. On a passé une heure ensemble peut-être bien. Il ne montrait pas tant de signes d'impatience que ça, le médecin allait venir le voir dans la journée. Il devait bien l'attendre, même s'ils ne l'avaient pas casé chez les dépressifs, il n'avait pas vraiment le choix. Il aimait faire de grandes phrases. D'ailleurs il aurait bientôt terminé son droit et il serait sans doute avocat. Avocat ou un truc de ce genre ; ça plaisait à son père, il serait blindé d'argent. Il trouverait des causes à défendre, mais d'abord il devrait guérir d'elle, enfin bref, il verrait plus tard. Elle ? J'avais regardé ses photos dans son studio. Je l'avais croisée quelquefois dans

les couloirs du bâtiment de droit. Elle avait l'air très jolie dans son genre. Je n'étais pas pressé qu'il m'en parle.

Je crois bien qu'ils l'ont laissé sortir le soir après la visite du psychiatre de garde. Il a dû leur signer une décharge. À partir de ce soir-là il aurait pu ne plus rien se passer et on n'aurait pas eu besoin de s'arracher le cœur, on aurait pu avoir une vie heureuse en somme. Car oui, on peut bien en avoir une, de vie heureuse.
– On se tient au courant ?
– Oui, bien sûr.
Je suis rentré dans ma chambre à Clichy-Levallois. Il fallait moi aussi que je m'occupe de mes petites affaires. Je crois que j'étais soulagé, il ne resterait pas de traces. Je l'avais quand même un peu aidé, j'aime bien aider les gens, c'est comme les aimer avec un d. Alors bon. Avant de rentrer tout à fait, je l'ai raccompagné chez lui.

* * *

Il était en pleine forme, seul, dans son studio de la place Pereire. Il a regardé attentivement autour de lui. Il a eu l'air de découvrir un aquarium ou de retrouver des souvenirs en suspens quelque part, et je me suis bien douté de ce dont il s'agissait.
– Tu veux en parler ?
J'ai dû lui demander comme si c'était la phrase d'un autre, pourtant, c'était exactement ce que je

voulais qu'il m'explique. Comme des tas d'autres gens. Il m'a dit merci pour tout, hein, ça allait pour le moment. Il avait besoin de commencer à oublier pour pouvoir en parler. On a regardé ensemble, il n'y avait plus de traces de ce qu'il avait fait quelques jours auparavant. On avait vingt-deux ans alors, lui et moi. J'ai été rassuré de partir, il avait l'air capable de. Était-ce l'année d'avant ? Nous nous étions tous embrassés dans la rue à cause de l'élection de François Mitterrand. On était allés partout, on avait déjà vu la fin d'une guerre, on ne connaîtrait que la paix ! On avait fait l'amour. Puis, peu de temps après, au lieu du bonheur qu'on croyait accessible à crédit, on se retrouvait aux urgences de l'hôpital Beaujon et on se demandait comment faire. J'habitais à Asnières, puis, après, place de la République à Paris, ensuite, à Clichy-Levallois. Les banlieusards ne cessent d'hésiter entre Paris et sa banlieue, de comparer dans leur tête là-bas et Paris. Le train : sept minutes exactement de la gare Saint-Lazare, en plein huitième ! Ma mère disait cela souvent avec un air combatif, comme s'il n'aurait servi à rien de discuter. Aujourd'hui, les villes de la petite couronne sont trop chères elles aussi. Qu'à cela ne tienne, nous partirons plus loin, en attendant. J'étais loin de Pereire dans les deux cas.

Je devais encore aller à Paris X Nanterre de temps en temps, mais j'avais déjà arrêté mes études dans ma tête. Les partiels, pour le moment, ça allait. Mais après ? Je me rappelle les boîtes d'intérim du début des années quatre-vingt. Elles étaient moins jolies qu'aujourd'hui j'ai l'impression. Les types qui travaillent là : leur manière de remplir la fiche, apparence, formation et desiderata. Le petit œil fermé ou ouvert, mais à vrai dire, vous ne savez rien faire encore. Ils recherchent des gens parfaitement rôdés en intérim ! Reste les essuie-glaces, mille prospectus à mettre dessous, c'est payé en fin de journée en liquide. Les petits cours. Là alors, tu vois, si x et puis y plus B, vraiment, tu comprends rien ? Je préférais de loin les essuie-glaces ! Parfois, je travaillais sur des chantiers. Le soir, je ne me souviens pas bien de ce que je faisais le soir. Souvent, je ne pouvais pas passer plus d'une semaine avant que ça me reprenne, je composais les numéros des grandes salles vides où tout le monde parlait en même temps. J'avais du mal à raccrocher avant deux ou trois heures du matin. À cette heure, il n'y a plus que les fous qui restent. Il était guéri, je crois bien.

J'ai revu mes copains, toujours les mêmes en fait, Jérôme, Antonella et ceux de la maison de Gennevilliers. Antonella en avait marre, elle voulait égayer sa vie ; elle avait l'accent de Toulouse. Elle avait installé un parasol et des chaises de jardin dans la grande pièce au rez-de-chaussée de la bicoque à deux étages de Gennevilliers où ils habitaient. Au-dessus, il y avait une vieille dame dont le fiston d'une quarantaine d'années partageait son temps entre le vieux divan où il dormait en oubliant d'éteindre la télé et la maison d'arrêt. Au bout d'une journée dans la cuisine, sous le parasol rose et vert, on écoutait Jérôme. Parfois il jouait *India Song* sur le piano qu'il n'arrivait pas à finir de payer, mais les types ne venaient pas le saisir. Je rentrais chez moi. Chez moi ce n'était pas comme chez eux, pas comme chez lui non plus. Je devais souvent me forcer pour rentrer. J'étais heureux là-bas.

– Tu repasses quand ?

Jérôme me le demandait à chaque fois que je repartais. On était nés la même année, on s'était toujours connus sans trouver ça bizarre. Il serait toujours là pour moi, au même endroit, en face du petit terrain vague où la mairie avait planté des cages de foot. Quelquefois, il lui arrivait de rester dehors un jour ou deux, il prenait trop de drogue. Il essayait de décrocher. Il croyait aux promesses qu'il faisait à Antonella, elle en avait plus que marre. Elle ne comprenait pas pourquoi c'était si dur pour lui d'arrêter puisqu'elle était là ? Mais personne ne comprenait, lui non plus d'ailleurs. Il retournait ensuite sous le petit parasol d'Antonella dans la maison de Gennevilliers, au rez-de-chaussée. Elle l'avait toujours attendu quand il n'était pas là, depuis plusieurs années. Elle en avait marre trop souvent. Puis, il allait mieux et il lui jouait *India Song* et des chansons. Il ressortait taper dans le ballon avec les mômes d'en face. On allait se balader ensemble près des berges au printemps, comme si c'était la belle enfance qui recommençait. Il allait voir sa mère à Clichy le dimanche, il essayait de trouver un vrai boulot. Bientôt.

Il n'a pas donné de nouvelles. Il donnait rarement des nouvelles. J'attendais qu'il m'appelle pour ne pas être déçu. Il a repris sa vie d'avant. Peut-être huit jours après son retour chez lui, j'ai dû l'apercevoir à Paris X Nanterre, il m'a vu en premier puisque c'est lui qui est venu vers moi. On se souvient de détails sans aucune bonne raison. Et puis, sans qu'on puisse l'expliquer, d'ailleurs ça ne serait même pas intéressant, une vie entière on garde en soi certaines images : un jeune type en quatrième année de droit vient vers moi, il a un grand sourire, unique parmi les centaines d'autres étudiants de Paris X, les vrais et puis surtout, les faux. Il avait bonne mine, il était bien habillé. Il arrivait de Pereire, il avait un amphi de droit constit, enfin, des affaires plutôt. Vivement qu'il ait fini son stage et qu'il soit enfin avocat. On était contents de se retrouver, comme à chaque fois. Il m'a tenu par l'épaule. Qu'est-ce que tu fais ce soir ?
– Tu veux venir ? Il y aura mes parents, ils viennent dîner. Elle sera là aussi, il a rajouté à voix basse.

Il rayonnait je me souviens. Il avait des yeux plus clairs ici que dans la chambre de Beaujon. Il avait des choses à faire, alors ça marche ?
– Oui d'accord, je viendrai.
– C'est sympa.
Pourquoi voulait-il donc que ce soit moi ?

– Ma mère veut te rencontrer. Il avait une voix basse maintenant. Elle dit que tu m'as sauvé la vie.

Je n'ai pas pu m'empêcher de sourire. Ce devait être un mardi. Il a séché le droit constit finalement et moi, je n'arrive même pas à me souvenir de ce que j'ai bien pu sécher. On est allés à la cafétéria de Paris X Nanterre. Des étudiants africains bien plus âgés que nous parlaient de décolonisation et du renouveau de l'Afrique depuis une bonne dizaine d'années. Ils en parleraient encore des années, à Paris X Nanterre. Ils connaissaient des ministres, des embrouilles avec de l'or et des diamants. Puis on est retournés dans le bâtiment de droit que fréquentent les types dans son genre et les filles BCBG de la ligne de RER direction Saint-Germain-en-Laye. Ensuite, il m'a accompagné dans le bâtiment des lettres. On a enjambé les étals des marchands d'artisanat, entre les portes des amphis.

– Dis donc, il m'a dit. Quel souk. C'est toujours une fac ici ou quoi ? Tu préfères pas qu'on aille à Paris boire un verre ?

On a pris le RER ensemble.

Je me souviens très bien de cette journée. J'ai peur qu'il me perce à jour. J'ai peur qu'ils me percent tous à jour, eux aussi. Pourtant, dans le RER B et après dans le métro, ils n'en ont vraiment rien à faire. Ils lisent des journaux bientôt périmés avec des mots en petites lettres et des mots en grosses lettres. On commence à écouter de la musique sur des walkman, jaunes ou rouges, des plus petits bientôt, miniaturisés chez Sony et d'autres marques japonaises. Un jour, j'irai visiter le Japon. Un ami est parti sur un coup de tête là-bas, parce qu'il était amoureux. Il n'en reviendra pas de sitôt. Il a posé son petit cartable de futur avocat entre ses jambes, dans le RER. On a bavardé de tout et de rien et on est descendus à Havre-Caumartin. Nous avons dépassé la vingtaine et même si nous ne nous faisons pas de promesses, si nous n'en parlons même pas, je me sens fort en sa présence, rien ne lui est arrivé. Il veut aller dans un endroit sympa, un truc qui marque un événement. Il était bien content que je vienne dîner chez ses parents.

– C'est pas chez toi ?

Non, j'avais dû mal comprendre : chez ses parents, ils voulaient me rencontrer. On allait dîner chez ses parents avec elle. Son père, sa mère, enfin, je verrais. On a bu une bière, on a parlé de films, de destinations lointaines, du service militaire auquel nous avions tous les deux échappé, des villes où il irait quand il serait enfin avocat, comme son père. Il disait ça : un putain d'avocat. Son père avait un cabinet, un associé, et la Légion d'honneur. Sa mère était gentille avec lui quand elle était dans les parages. Elle n'était pas souvent dans les parages, surtout depuis que son grand frère Simon était parti. Où qu'il regarde autour de lui, il était entouré de gens qui étaient bien intégrés. À leur manière ils avaient tous réussi leur vie et ils ne comprenaient rien du tout. Il ne serait pas différent. Il en avait peut-être rêvé avant mais en fait, non, il en était sûr maintenant. Il ne serait pas différent d'eux.

– Et toi ? Tu vas faire quoi ?

On me le demandait aussi chez moi. Peigner la girafe ? Compter les gouttes de pluie sur les vitrines du boulanger, du coiffeur, sur n'importe quelle vitrine. Peut-être tomber amoureux d'une fille qui ne soit pas comme lui, ni comme quelqu'un d'autre, alors je ne penserais plus à tout ça. Retrouver un intérim, dans l'immédiat. Distribuer des tonnes de prospectus en attendant ! Par un copain de Jérôme je devais rencontrer un photographe qui avait peut-être besoin d'un assistant. Jérôme n'avait pas le courage de s'y mettre.

– C'est bien, faut voir.

Il a hoché la tête. Ses yeux bleu sombre, dans le café. Sa pomme d'Adam. La nervosité de ses mains pâlies. Sa chemise bleu ciel sous sa veste noire. Sa petite sacoche qu'il a ouverte à un moment pour aussitôt la refermer, pour rien. Sa médaille de communion dont il ne se séparait jamais et la feuille de cannabis aux couleurs de la Jamaïque. 1982.

– Ben. en fait, je n'en ai aucune idée. Je ne sais pas.

Il a haussé les épaules.

– On est jeunes après tout. On a le temps. Tu verras bien.

***

Il a fait froid cet hiver-là. Avec Antonella on était allés voir un spectacle à Gennevilliers où elle ne supportait plus d'habiter et je me souviens qu'après, au bar où nous avions trouvé refuge, à Paris, on apercevait de la glace sur le canal Saint-Martin. Jérôme ne l'accompagnait pas souvent, surtout pour aller à Paris. Paris était plus loin que beaucoup d'autres endroits pour lui. Il avait eu un brillant avenir comme les autres mais, depuis des années, l'avenir s'était un peu arrêté. Il ne souffrait pas à voix haute. Il gardait presque toujours le silence sur ce qui lui était arrivé. Sans doute qu'Antonella savait, elle aussi, mais ce n'était pas son genre d'en rajouter. Elle chantait bien *India Song*. Jérôme et moi, on avait transporté le vieux piano droit qu'il avait dégotté et on s'était fâchés un mois complet à cause du tour de reins que je m'étais fait. J'ai passé de bons moments là-bas avec eux, autour du piano. Je revois Jérôme assis avec un coussin sur les genoux, parfois un peu ou vraiment très défoncé, entouré de livres qu'il ne lisait plus, mais qu'il aurait voulu lire. Ou bien il voulait qu'on lui raconte les nouvelles du jour, il avait fait un effort pour les élections. Il avait regardé les gens dans la file de l'école communale d'Asnières où on votait et il nous avait dit que bon, vous croyez au père Noël ou quoi ? Ça n'allait pas pisser loin de toute manière, ça ne changerait presque rien. Il était d'Asnières lui aussi.

On avait quatorze ans quand on s'est connus pour de bon. Il était parti tôt de chez sa mère. On pourrait dire en un sens que j'ai toujours connu Jérôme. On avait été au même moment chez la même nourrice. Lui habitait dans cet immeuble et moi, ma mère venait me déposer chez la dame qui s'occupait de nous, après avoir traversé le pont. Il avait des cheveux noirs et bouclés, il avait beaucoup traîné à Clignancourt à dix-sept ans, dans les friperies, et c'est à cette époque qu'il avait rencontré la drogue dure, et puis après, Antonella. Il avait un gros problème avec la drogue. Plusieurs fois, il avait essayé de décrocher. Il avait connu Marmottan, Les Ulis, Louis-Mourier à Colombes. Il avait dormi dehors. Il avait dormi sur des bancs. Il avait eu des histoires avec la police d'Asnières et la police nationale, il parlait du fleuve comme d'un secret. On aimait tous les deux les mêmes endroits des bords de Seine, du côté d'Asnières-Gennevilliers. Je le retrouvais souvent sur les berges, quand il n'était pas chez lui et qu'il n'était sans doute pas allé chercher de la drogue, vu qu'il en avait déjà.

Des années ont passé. Antonella n'a rien oublié de lui ni de toutes ces années-là. Elle a mon âge mais elle paraît bien plus jeune que moi. Elle a été contente que je lui dise, en fait. On s'est vus récemment avec son jeune amant ; une femme cougar, tu sais qu'on appelle ça comme ça ? Elle avait lu ce mot dans un magazine à la noix en avion. J'ai pensé à la petite maison, leur étage à Gennevilliers. Le jeune homme qui l'accompagnait regardait sans savoir comment réagir, et elle lui a pris la main en souriant. Pablo, décidément, je l'aurais bien vu dans une pub pour le Nutella. Il avait les cheveux très noirs et bouclés, lui aussi. Il parlait seulement espagnol, pas mal anglais et pas du tout français.

On a bavardé de tout et de rien, on a parlé du parasol de Gennevilliers et son sourire m'a fait plaisir, ah oui, le parasol ! On a ri tous les deux à cause de ça. On n'a pas pu s'empêcher de se raconter encore la même histoire que celle qu'on se racontait depuis ces années-là, comment Jérôme avait ramené un clochard chez eux, une semaine de vacances où elle était rentrée chez ses parents. Elle retournait régulièrement chez ses parents. Quand elle était revenue, le clodo ne voulait plus partir. Antoine, je crois me souvenir de ce prénom, était vite devenu le plus emmerdant des tyrans de la cloche dans les Hauts-de-Seine. Jérôme avait-il eu pitié de lui ? On avait fini par le traîner dehors, avec ses affaires.

Antonella nous force à nous déshabiller. Elle nous savonne l'un après l'autre sous la douche du squat de Gennevilliers. Antoine avait ramené des puces et il essayait encore de revenir le soir dans leur maison. 1983. Il avait fait très froid sinon, et ne me demandez surtout pas à quoi ça sert de le savoir ou de s'en souvenir. La glace sur le canal Saint-Martin et, ce devait être à la même époque, le spectacle où j'avais accompagné Antonella. Il ne voulait pas sortir de chez eux. Comment il va ? Antonella avait souri de sous ses longs cheveux noirs, elle était coiffée comme Louise Brooks à cette époque.
— Il va mal. Il me fait peur avec sa drogue, tu pourrais pas parler avec lui ? Il t'écouterait.
— J'essaierai, Antonella. Il voudrait vraiment décrocher tu sais.

Je n'ai pas entendu ces mots pour de bon mais, de même que je sens tout à coup le froid de l'hiver 1983, je les entends parfaitement aujourd'hui. Et je sais bien pourquoi. Évidemment que je le sais.

* * *

Il m'a ouvert la porte du grand appartement de ses parents. Il avait un large sourire. C'était une double porte en bois clair, à Neuilly. Je revenais de chez Jérôme et Antonella. On avait passé l'après-midi sous le parasol du squat. Jérôme était à peu près clair, il avait joué du piano. *India Song*. C'était ma préférée quand Jérôme la jouait. Lui portait une chemise blanche, un jean bleu nuit, il était très élégant. Quand je suis arrivé son père lisait le journal, assis sur un coin du divan dans la grande pièce, le double living. Je pense à ma mère en disant cela : un double living, ça lui plaisait. Au bout d'un certain nombre d'années, tous les mots vous font penser à des gens, et les gens disparaîtront, mais pas les mots. Les mots ne disparaîtront jamais tout à fait. Alors, on croit savoir ce qu'il nous reste à faire de notre vie. Son père s'était levé : bonjour, comment ça va ? Il m'a serré la main. Son cou plissé par-dessus le nœud de cravate. Il n'avait pas du tout le regard de son fils. Il avait un autre regard, plein d'attention, plein d'ennui. Mais ses yeux étaient les mêmes derrière ses lunettes à grosse monture. J'ai dit bien, merci monsieur, et vous ? en essayant de ne pas trop faire l'imbécile. Il a hoché la tête et il s'est rassis dans son coin.

– Salut, ça va ? Tu viens on va voir ma mère ? Jessica est avec elle.

Le long couloir, les pas sur la moquette. Les appartements où on meurt aussi et où on a des plus ou moins belles vies sans bruit dans les couloirs. Elle était en train d'essayer une robe sur Jessica. Je l'avais vue quelquefois à Paris X Nanterre, elle était très jolie comme blonde. Il avait toujours préféré les blondes.

– Tiens, bonjour, notre invité !

Sa mère s'est retournée vers moi, elle était pieds nus dans la chambre. Je n'ai pas su quoi faire, aller vers elles pour leur faire la bise ou rester sur le pas de porte ?

– Il est timide, c'est mon sauveur, il a dit à Jessica, avec un petit sourire qui voulait en dire plus que ce qu'il disait vraiment. Mais peut-être qu'il n'avait rien à dire de plus, en fait.

– Oui, je sais.

Jessica a remonté sa fermeture Éclair dans le dos. Elle est venue vers lui en souriant. Il lui a pris les mains.

– Comment tu trouves ? Ça me va ?

– Tu es très belle, n'est-ce pas maman ?

Il s'est tourné vers moi, il avait un sourire faux, tout était faux d'ailleurs, à chaque fois qu'il quittait son studio de Pereire et retournait chez ses parents. Il y avait encore des feuilles aux arbres sur le boulevard. En contrebas, les trains de la petite ceinture dans la verdure cachée de Paris. Jessica m'a regardé fixement. Elle m'a dit en chuchotant, merci pour

ce que tu sais. Il y a eu un bref moment de gêne
à cet instant, comme si c'était vraiment hors sujet.
Il avait des choses à dire qu'il ne pourrait jamais
dire, mais on a entendu le père : bon, vous avez
soif ? Vous venez prendre l'apéro ?

On a bu le champagne, Jessica et lui côte à
côte, son père et sa mère sur le grand divan. Moi
ils m'avaient montré un fauteuil.
– Alors, vous allez faire quoi dans la vie, vous
faites bien du droit vous aussi ?
– Laisse, papa, il n'a pas envie d'en parler.
J'étais en philo lettres à Paris X Nanterre, de plus
en plus versé option cafétéria. Il m'avait invité
chez lui. Il y a eu un blanc en buvant le champagne,
ensuite, comme il a dit, nous avons pu passer à table.
Sa mère était belle, je dirais. Elle était venue plus tard
que son père à l'hosto car elle vivait surtout en bord
de mer dorénavant, dans leur maison de Normandie.
À Deauville. Est-ce que je connaissais ? Oui, enfin
non, enfin bref, un peu. Il s'est levé pour mettre de
la musique. Jessica nous a demandé de l'excuser à
la fin du repas en attendant le dessert. Elle n'avait
pas l'air d'écouter ce que ses parents disaient. Elle
le regardait de temps en temps, elle fumait entre les
plats. Sa mère avait l'air jeune encore.

Moi j'ai bu pas mal parce que j'étais intimidé
et que je ne savais pas au juste ce que je faisais
là. J'ai eu envie de lui dire : je ne suis pas qui tu
crois. Tu n'as aucun droit sur moi, que veux-tu me

prouver ? Son père nous a parlé de son travail, il était socialiste, ils n'étaient pas très nombreux dans son métier à être vraiment socialistes, il espérait des réformes importantes. Le monde était pourri pour de vrai. Les affaires. Il admirait Robert Badinter comme tout le monde en 1983, la peine de mort, enfin abolie. Sa femme écoutait distraitement en fumant une cigarette. Il devait se répéter beaucoup, cet homme-là. Jessica était allée mettre une robe bleu marine que sa mère allait retoucher pour elle, quand elle serait à Deauville. Elle allait repartir bientôt dans leur maison en bord de mer.

– Je ne peux pas m'en passer, elle a dit comme pour elle-même.

Elle garderait longtemps le même âge, c'était une femme de ce genre-là. À un moment Jessica a tourné et tourné encore devant elle, avec un sourire. Il s'est levé : quelque chose l'attirait vers elle qu'il ne pouvait pas contrôler. Elle a passé ses cheveux derrière son oreille. Les Bains Douches, le Bus Palladium, les rallyes. Il lui a murmuré quelque chose. Elle a ri sans le montrer. Puis il s'est retourné vers son père :

– Tu nous refiles un de ces bons cigares que tu caches dans ton bureau, papa ? S'il te plaît ?

– Va les chercher, tu sais bien où ils sont.

Ils ont ri tous ensemble, même Jessica. Elle est bientôt revenue habillée comme toujours, en jupe noire courte, avec des hauts talons et un chemisier blanc. On a écouté son père. C'était un type sympa qui donnait ses cigares et admirait Badinter, il fallait « mettre un coup de pied dans la fourmilière ». Il triturait son cigare en parlant. Parfois, sans crier gare, il s'arrêtait et regardait par la fenêtre en croisant les bras : ça pleuvait un peu dans les arbres. Sa femme parlait avec Jessica dans la cuisine, à l'autre bout du couloir. Il est allé les rejoindre, c'était sans doute plus fort que lui. On est restés tous les deux son père et moi.

– Vous connaissez bien mon fils ?
– On se voit depuis quelques années, oui.

J'ai jeté un coup d'œil du côté de la pièce où il avait rejoint Jessica et sa mère. Son père a hoché la tête. Il avait une pomme d'Adam saillante lui aussi mais il était très différent, sans doute l'âge, les lunettes un peu sombres, les traits un peu bouffis, les longs repas et la fumée de cigare.

– Et Jessica, vous la connaissez aussi ?

On a regardé de leur côté tous les deux ; je n'ai pas su quoi dire. Je crois que j'avais envie de m'en aller et puis, de ne plus jamais les revoir. Elle était plus grande que lui sur ses talons. J'avais vu sa voiture bleue garée sur les clous devant chez eux. En fait, je crois que je n'avais rien à dire de Jessica.

– Elle est jolie.
– Oui, ça bien sûr, mais ce n'est pas ce dont je voulais parler. Vous croyez que ?

Sa voix m'a paru très différente de lui, à ce moment-là.

Je me suis levé avec le cigare qui avait du mal à passer. Je n'avais jamais fumé beaucoup de cigares, mais ça ne s'improvise pas : parfois fumer le cigare ressemble à un genre de métier.

— Je ne sais pas, il veut vivre maintenant. Il a juste pété les plombs.

Il a eu l'air de réfléchir à ce que je venais de dire, et il a hoché la tête encore une fois vers la fenêtre sur le boulevard. Il n'a rien rajouté. Seulement ses yeux sombres derrière ses lunettes un peu foncées.

— Excusez-moi, ça m'a fait plaisir de vous rencontrer, merci de vous être donné la peine.

Il devait revoir un dossier pour une plaidoirie du lendemain. Le président était un dur à cuire, et la partie adverse, enfin bref, il avait de quoi faire. Je ne sais pas pourquoi son père me plaisait bien, en un sens. Pourquoi je ne voudrais jamais les revoir, au grand jamais, au grand nulle part. Quand il est entré dans son bureau, sa femme est revenue, elle avait envie de sortir, elle ne pouvait pas rester en place quand elle se trouvait à Paris.

— On va aller au pub Renault. Vous nous accompagnez ?

J'ai dit que non, je ne me sentais pas au diapason, mais ils ont insisté, et finalement, j'ai dit oui. Il l'appelait par son prénom une fois sur deux. Elle semblait y tenir d'ailleurs, alors bon. Sylviane.

— Arrêtez avec ce madame, je ne suis pas encore respectable !

Elle avait l'air sympa mais apprêtée. Elle avait des cheveux très clairs, comme une blonde complètement décolorée sur la jetée du bord de mer, un hiver à Deauville. Des rides à peine perceptibles, un corps de jeune femme vraiment. Elle paraissait bien plus jeune que son mari, mais pas seulement par son âge ou à cause de Robert Badinter. Elle n'avait rien à voir non plus avec ma mère ou la mère de Jérôme, était-ce qu'elle n'avait jamais travaillé pour de vrai ? Avant cette soirée-là, je ne m'étais pas rendu compte. Elle faisait beaucoup de choses. Il l'aimait beaucoup je me souviens. Parfois il regrettait qu'elle ne supporte plus de vivre à Paris avec son paternel d'avocat. Il parlait tout à fait comme un type des beaux quartiers, moi je n'aurais jamais voulu parler comme ça. Quand elle a ouvert la porte du bureau pour lui dire qu'on partait, j'ai aperçu son visage assombri sur la paperasse du lendemain. La lampe sur le coin droit de son grand bureau. Des photos de famille sur la cheminée derrière lui. Elle à Deauville, leurs deux enfants, lui et son grand frère Simon qui ne reviendrait jamais de Tahiti où il travaillait pour l'armée.

– Bonne soirée ! Ne rentrez pas trop tard.

Il a souri à la fermeture de la porte. Ciao. Elle nous a regardés sur l'air d'À nous la liberté.

– On prend ma voiture ?

Il a dit oui tiens, je conduirai.

* * *

On était derrière, Sylviane et moi. Jessica s'était blottie contre lui. Il n'y avait pas trop de monde dans les rues du quartier, c'était un hiver des années quatre-vingt. Elle nous a proposé de nous payer le champagne : c'était une soirée importante pour elle, elle voulait fêter ça. Elle retrouvait son fils comme il était avant ! Elle aimait boire du champagne en bonne compagnie. On s'est garés n'importe où comme si c'était prévu dans un film. Jessica et lui connaissaient bien le quartier des Champs avec ses boîtes de nuit, ses cinémas. Un jour, le pub Renault serait fermé. Que feraient-ils de la formule 1 bleue qu'on ne pouvait pas s'empêcher de regarder dans la vitrine ? Les types bien habillés qui font la queue pour un paquet de clopes ou un parfum de femme au milieu de la nuit. Ces jolies filles, les femmes aussi. On s'est assis dans un box mal éclairé. Je suis heureux, il leur a dit, il tenait Jessica par la main. Sylviane leur souriait.

– Vous habitez où, au fait ?
– Moi ?

On n'a pas beaucoup parlé, on a bu la bouteille parmi ces types seuls à trois heures du matin, assis devant un whisky avec leurs rêves d'amour et leurs signes extérieurs de richesse. Les lumières brillent sur l'avenue de 1983. Les couples qui ne vont pas dormir pour mieux rêver, et leurs enfances scintillent un peu dans leurs prunelles, tôt le matin, avant qu'ils retournent travailler en bâillant. Les banlieusards, les touristes. Les papiers et les mégots des clopes sur le sol du pub Renault. Je me souviens des teintes jaune et marron des tickets du métro, tout à coup. Pourquoi ? On est sortis du pub Renault.

Ils marchaient devant tous les deux. On ne se rappelait pas exactement dans quelle contre-allée ils avaient garé la voiture. Je marchais à côté de Sylviane.

– Vous les trouvez comment tous les deux ?

Je lui ai dit que je savais qu'il était très amoureux.

– Oui, je crois que c'est vrai. Et vous, vous êtes très amoureux ?

Ils étaient assez loin devant nous, ils cherchaient la voiture et ils parlaient ensemble, occupés peut-être à faire des projets d'avenir.

– Venez ici.

Elle m'a tenu la nuque. Je me suis arrêté de marcher.

– Je voulais vous remercier.

– De quoi ?

Elle m'a embrassé doucement sur les lèvres et quand j'ai réalisé j'ai fermé les yeux comme dans un film, genre après un verre au pub Renault, un petit matin d'hiver en 1983. Elle allait repartir dans sa maison de Deauville. C'était un arrangement entre elle et lui. Elle se sentait coupable de le laisser seul à Pereire, mais il avait déjà vingt-deux ans. Vingt-deux ans !

C'était un arrangement entre elle et lui. Vous comprenez ? Vous pourriez venir me voir si vous en avez envie. Oui, merci. Je respirais trop vite, je crois bien. Pourtant, c'était il y a longtemps. Je ne sais pas s'il nous a vus ? Ils avaient l'air zarbi dans cette famille, je me suis dit. Mais après tout, pourquoi pas ? Parfois, j'aperçois cette scène projetée en silence sur la porte d'entrée en bois clair du grand appartement en face de son studio station Pereire. On rallume les lumières, on retourne vers sa nuit. Je me rappelle une vie abandonnée ici, que j'ai à peine connue et qui ne m'a pas donné envie. Ils ont trouvé la voiture et ils nous ont attendus en se tenant la main. On y va ?

Je repense à cette nuit-là de temps en temps. Était-ce en pensant à elle qu'il avait avalé ses cachets ? Était-ce pour une autre raison ? Il n'y avait peut-être même pas besoin de raison. J'avais envie de lui demander qu'un jour il m'explique tout ça. Mais je ne le ferais sans doute pas. Je ne m'étais pas rendu compte pour sa mère souvent absente. Elle embrassait n'importe qui avant de retourner en vitesse dans leur grande maison de Deauville. Son père assis le soir sur un coin du divan, seul, dans son bureau, seul, à écouter des disques de Schubert ou à préparer ses dossiers. Son grand frère Simon dont personne ne parlait jamais, à Tahiti. Qu'avait-il fait ? Pourquoi se tenait-il à l'écart, loin de Pereire ? Jessica lui avait laissé le volant, elle était assise derrière avec Sylviane. Je le voyais de profil. Ses yeux clairs, certaines choses se devinent mieux la nuit. Mais, souvent, rien ne dépassait chez lui. Je ne savais pas ce que je foutais avec eux, il fallait que j'arrête de le voir ; ça ne menait à rien. Il ne faudrait pas trop s'attacher aux gens qu'on ne fera que croiser dans la vie. On est arrivés chez eux pour déposer Sylviane.

C'était vraiment une belle femme avec des traits encore adolescents et beaucoup de choses à faire pour doubler le temps qui passe.

Elle m'a souri comme si on avait flirté toute la soirée.

– J'étais contente de vous voir.

– Moi aussi.

Il a fait le tour de la voiture, sa mère l'a embrassé.

– Tu repasses dans longtemps ?

– Le plus tôt possible ! Je t'appelle.

– Oui.

Elle a embrassé Jessica et elles ont bavardé à voix basse toutes les deux. Elle avait ces autres fringues à lui montrer, ça lui irait certainement avec des retouches ici et puis là. Elles pourraient peut-être se voir entre filles lorsqu'elle reviendrait à Paris ? Alors j'ai compris d'un coup, et quand nos yeux se sont croisés, je crois qu'il l'a lu dans mes yeux aussi. Il faudrait... Oui, il faudrait. Il a regardé du côté de la porte cochère. Elle avait l'air loin tout à coup, je crois bien. Ce genre d'immeubles fait rêvasser les gosses de pauvres mais dedans, les portes en bois clair fermées sur le silence ne font rien pour améliorer votre vie. La minuterie, la porte cochère ferme vite, et juste au dernier moment, elle ralentit. Ils disparaissent. Le silence aura gagné. Les escaliers avec un tapis dessus.

Jessie a allumé une cigarette.

– Ta mère est vraiment sympa.

– Sympa ? Oui, on peut le dire comme ça.

Elle avait passé plus de temps avec elle qu'avec lui, en fait.

– Et toi, tu la trouves comment ?

J'ai haussé les épaules.

– Ben, sympa oui. Pourquoi ?

Il a ri comme si c'était une blague de collégien.

– Bon, on rentre ? J'ai froid.

– Tu me déposes à la maison ?

– Tu ne dors pas chez moi ?

– Non, je ne peux pas, j'ai des partiels, tu sais bien.

– Comme tu veux, Jessica. Il a soupiré trop fort comme dans un vieux film italien.

Ses yeux dans le rétroviseur, pour ressortir de la place où il était garé, les arbres tout du long, personne d'autre que nous dans la rue. Elle habitait vers Pereire elle aussi, derrière une autre grande double porte en bois clair, chez ses parents.

– Salut, on se revoit bientôt ? Bonne chance, pour tes partiels.

– Oui, j'ai dit.

Ils se sont éloignés. Ils se sont embrassés, ils se sont dit des choses à voix basse. C'était une grande fille blonde qui connaissait Deauville et Pereire, allait au cinéma sur les Champs-Élysées. Il ne pouvait pas se passer d'elle, il me l'avait dit souvent. Il en était parfois malade d'essayer de ne pas le montrer. Jessie lui tenait la nuque pour l'embrasser. Elle était pressée de partir. Il fallait rompre le charme du bout de la nuit. Lui il aurait bien voulu que ça ne s'arrête jamais, j'ai l'impression. Il me faisait rêver en somme, ça a duré plusieurs années. Il me faisait rêver les yeux ouverts, jusqu'à l'hôpital Beaujon, je ne sais pas pourquoi.

Il a regardé vers sa fenêtre, il a attendu que la porte se ferme pour revenir vers moi. Il devait être trois heures du matin, ou plus, ensuite il a roulé comme un fou vers Clichy.
– Non, je veux pas dormir chez toi. J'ai des trucs à faire demain.
Ces moments avec lui, ces années-là, comme ils me reviennent aujourd'hui, me font l'effet d'une fête grise aux lumières écrasées comme des gouttes de pluie sur des vitrines, des endroits artificiels où il est impossible de passer sa vie. Il faudrait s'arracher le cœur pour ça aussi. Il y a toutes sortes de raisons finalement, surtout à vingt ans, alors, mieux vaut ne pas s'en occuper. Il s'est garé dans la rue où j'habitais.
– Merci d'être venu. Sans toi, je n'y serais pas arrivé.
Il a coupé le contact.
– À cause de tes parents ?
Il a appuyé sa tête sur le haut du siège, sa pomme d'Adam.
– Mon père et moi on ne s'est jamais parlé. Ma mère a une double vie.
Il a souri en rapprochant sa tête pour mieux me voir. Elle t'a proposé d'aller à Deauville ? J'ai dû rougir dans le noir. Tu n'es pas le premier tu

sais. Puis, il m'a touché l'épaule. Je m'en fous, maintenant.

Il avait Jessica dans la peau. Il avait cru qu'il la perdait et il avait fait le tour d'une vie sans elle dans sa tête, il avait avalé des cachets. J'étais fatigué maintenant. Je me souviens de la bruine dans ma rue, à Clichy. Deux lumières allumées dans des appartements où des gens n'avaient peut-être pas fermé l'œil de la nuit. Tout à l'heure, ils iraient attendre un bus pour le terminus de la 13, où ils prendraient un autre bus ou alors le métro.
– Bon, je suis crevé, j'y vais.
Ils avaient encore quelques heures à passer dans le songe de leur vie avant de retrouver leurs préoccupations habituelles, les enfants, les collègues, les factures à payer. L'un dans l'autre ils n'auraient pas beaucoup de temps pour s'occuper d'eux, de leur vie. On s'est embrassés. Ben salut. Ce ne serait plus jamais comme avant, à Paris X, à Clichy, à Asnières, à Paris. Nous n'aurions plus jamais vingt ans en fait. Pour idiot que ce soit, c'était vraiment crève-cœur de s'en rendre compte ce matin-là.

De bon matin les gens baladent leurs chiens avec un air pathétique, car ce n'est pas le chien qui a la truffe en l'air, la plupart du temps. Puis ils attendent le bus, le tout premier, ou ils marchent à pas rapides le long de l'avenue, les types qui bossent très tôt en 1983, dans le nettoyage des bureaux, ou loin, en intérim dans les métiers du bâtiment, une sacoche sur le dos. Des papiers pliés en quatre, une adresse où bosser pour pas longtemps. Il a ouvert sa vitre à un moment, pour aérer. Jessica le connaissait bien, lui. Ils habitaient côte à côte. Elle ne voulait pas leur ressembler, aux autres, quand ils vieilliraient. Avec elle sa vie serait sans doute différente. Cela m'a fait sourire. Il rêvassait pas mal lui aussi finalement.

On a encore bavardé une bonne heure, je n'avais pas le courage de lui dire que je voulais rentrer chez moi. La nuit est comme un grand continent que seuls ceux qui ne dorment pas connaissent, et encore, en rêve bien mieux qu'en vrai. On s'est serré la main cette fois-ci. On allait se croiser un de ces quatre, à la fac, ou bien on se donnerait un coup de fil. Oui. OK. Je l'ai regardé s'en aller et j'avais déjà mes clés à la main. Je pourrais bien passer au squat de Gennevilliers, rapporter des croissants à Antonella et Jérôme, mais ils risquaient de ne pas aimer ça, c'était trop tôt ! Je suis rentré me coucher. J'ai toujours été bon pour ça, me coucher avec le sentiment d'aucun devoir à accomplir, et c'est comme si c'était fini.

***

J'ai eu de ses nouvelles de temps en temps. Il avait déjà terminé sa maîtrise et il faisait un stage dans un cabinet d'avocats. C'était pratique, ce n'était pas loin de chez lui. Ça ne ressemblait que d'assez loin à ce qu'il avait imaginé, il s'agissait surtout de s'en mettre plein les poches. Il était un peu déçu je crois bien, mais bon, quel boulot ne vous décevait pas au bout du compte ? Il vivait avec Jessica plus ou moins. Elle me disait bonjour au fait, elle demandait de mes nouvelles. Elles se voyaient aussi avec sa mère quand elle venait à Paris. Il se posait des questions dont il ne voulait pas connaître la réponse.

– Je sais pas si elle m'aime.

Il m'a dit ça sur le quai du RER. Une autre fois il m'avait dit qu'il n'y arriverait pas sans elle mais c'était juste après Beaujon. Il avait gommé Beaujon comme si ça n'avait jamais existé dans sa vie. Il allait chez un psy, une femme près de Pereire. Elle l'écoutait parler et il en avait marre. Il lui racontait des histoires sur sa vie, il ne savait pas pourquoi il ne parlait à personne sans mentir quand il s'agissait de lui. Sa voix mate et douce, son rire en prime. Parfois, il parlait à toute vitesse et d'autres, il disait chaque mot comme un comédien du Français qui fait des exercices de diction pour s'échauffer la voix. Il faudrait s'arracher le cœur. On se recroiserait plus tard, bientôt.

Il y a eu pas mal de neige la nuit du 31 décembre 1983. Je l'ai passée avec Jérôme, Antonella et plein d'autres amis. On a fait une grande fête dans une maison de Courbevoie pas loin du parc de Bécon. C'était chez une copine à eux, Angélique ? Clara ? J'ai oublié. Mais je n'ai pas oublié la maison entourée de hautes grilles noires, avec un petit perron blanc où on peut boire le café le dimanche matin, quand tout le monde va bien autour de soi. De ce soir-là je revois Antoine, Marie-Noëlle, Sid-Ahmed, Richard et Magali. Il y avait des tas d'autres gens, des copines de théâtre d'Antonella, ils feraient plusieurs fêtes pendant la nuit. On a marché pieds nus dans la neige le long de l'ancien stade de Courbevoie. Je me souviens qu'à cet instant j'ai pensé à ma vie, parfois elle était belle ma vie. J'appellerais ma mère pour lui souhaiter bonne année, ensuite, elle irait sans doute se coucher avec un bouquin. Elle n'aimait pas les fêtes obligatoires, ma maman. Cela faisait deux ou trois mois qu'on ne s'était pas vus. On s'était parlé quelquefois avec celui qui dans ma tête n'avait pas été un ami, ni même un bon copain, mais une sorte de frère entre 1979 et 1983, réveillon compris. Je me souviens de nos pas dans la neige toute rêveuse de cette nuit-là. Antonella à un moment s'est mise à danser et avec Angélique et Magali elles ont enlevé leur tee-shirt le temps qu'on les prenne en photo. On garderait longtemps au cœur la photo d'Antonella. Elle tient la pause ses deux mains contre un arbre et les flocons font une tache de haut en bas, la lumière est jaunasse car Richard – est-ce bien Richard qui a pris la photo ? – n'a pas utilisé le flash mais certainement une pellicule Ilford 800 Asa. La photo est trouble, les filles rient.

J'ai téléphoné à ma mère d'une cabine d'en bas près du croisement de Gallieni. Elle m'a dit oui, bonne année, j'ai cru que tu avais oublié, ce ne serait pas la première fois. Je lui ai demandé ce qu'elle allait faire maintenant ? Elle m'a dit qu'elle n'en savait rien, sans doute se « plonger dans un bon bouquin ». Elle se débrouillait toujours pour me faire savoir qu'elle était seule quand je ne l'étais pas. On s'est tous retrouvés dans la grande maison heureuse de Courbevoie, après les concerts de klaxons, les youyous et les comptes à rebours, il y a eu de la musique très fort. Dans les chambres à l'étage, des couples s'étaient réfugiés pour faire l'amour. On ne parlait pas beaucoup de sida à l'époque, alors, on faisait comme on voulait du côté d'Asnières-Gennevilliers. On faisait même n'importe quoi. Après tout ce nouvel an, il n'est pas près de repasser !

Je suis resté en bas à fumer des pétards avec Antonella, Jérôme, Marie, Sébastien. Je crois que j'ai pensé à lui. Je me suis dit que quelque chose ne collait pas. Marie-Noëlle est partie avec sa bande pour une autre fête, Lionel et sa copine d'alors, Anna je crois, les ont croisés avec des bouteilles de vin. Plus tard, Jérôme et Antonella sont venus s'asseoir près de moi, on s'est embrassés longtemps, la neige dehors.
— Qu'est-ce que t'as ? T'as pas envie ? Il y a un truc qui te soucie ? m'a demandé Antonella.
Jérôme a compris en premier.
— Tu penses à qui là ?
— À rien non, ça va.

On aurait parfois voulu que la neige dure plus longtemps et croire au bonheur d'être ensemble pour toujours, les nuits de nouvel an. On est rentrés au petit jour. La neige tenait à peine sur les voies ferrées. Je suis allé voir ma mère à Asnières, elle était contente que je passe mais elle m'a dit ouh là, tu as une couleur de craie, tu n'étais pas obligé de venir, j'ai l'habitude d'être seule, etc. etc. Du coup je n'étais pas sûr que ce soit la première chose que j'aurais dû faire cette nouvelle année-là.

***

Il était là, assis sur le divan, avec sa tête renversée, sa pomme d'Adam montant et descendant. Il a mis beaucoup de temps à m'ouvrir, j'allais redescendre et quand j'ai entendu du bruit, la première chose que j'ai faite, c'est de regarder vers la grande porte en bois clair en face de chez lui, mais non, ce bruit venait bien de chez lui. Il avait mis un jean, il n'avait pas passé de chemise. Sur la table basse, il y avait des canettes de bière, un cendrier plein. Son pas était mal assuré, ses yeux n'avaient pas l'air d'y voir clair. Il s'est assis comme on tombe dans un trou. Il ne répondait pas à mes paroles. Il avait la voix très basse, et peut-être qu'il ne s'en rendait pas compte mais on ne pouvait pas l'entendre, de là où il était. Des larmes coulaient tranquilles, comme si elles visitaient en touristes ses joues. Je me suis approché de lui. Il tremblait. Je ne pensais déjà plus du tout qu'on était le 1ᵉʳ janvier, il ferait bientôt nuit. Pourtant, en allant le voir, j'espérais de tout cœur qu'il soit heureux avec elle et devienne avocat au barreau de Paris comme son père, comme sa mère qui avait arrêté de travailler et comme pas mal de gens qu'il connaissait, autour de lui.

– Qu'est-ce que tu dis ? Parle plus fort, je n'entends pas.

Il m'a montré vers la chambre, j'ai regardé là-bas, j'ai vu les boîtes de cachets. Il n'y avait pas trace de Jessica, où était-elle ? J'ai pris le téléphone. J'en aurais marre de lui cette année-là.

Le médecin était un jeune type râblé avec un blouson de pilote et une petite écharpe rouge. Il m'a serré la main sans le quitter des yeux. Il lui a regardé le blanc d'un œil.

– Vous pouvez parler ? Quel jour sommes-nous ?

Le jour, c'était facile de le savoir. Il n'a pas répondu aux questions que le type lui posait.

– J'ai les boîtes ; il a déjà fait ça avant.

– Bon, vous m'aidez ?

J'ai aidé le médecin à le rhabiller, tout allait très vite dans ma tête. Il y avait quelques heures, j'étais entouré d'amis dans une grande maison à Courbevoie, on aurait voulu que la fin de la nuit ne vienne pas. Mais elle était venue finalement, la neige avait cessé de tomber. Il a voulu aller aux toilettes. L'urgentiste m'a demandé de l'accompagner.

– Vomissez, il faut vomir.

À un moment il est passé derrière lui et il l'a serré au plexus, ça l'a fait gerber et puis, il est resté penché au-dessus de la cuvette des toilettes. On est allé le rasseoir, le temps que le médecin se lave les mains et moi aussi, on l'a descendu vers l'ambulance qu'il avait appelée.

– Vous venez avec moi ? Vous avez des contacts avec sa famille ? Qu'est-ce qu'il fait dans la vie ?

On est arrivés à l'hôpital Beaujon. Cet hôpital, bientôt, je ne pourrais plus le voir en peinture.

Ils l'ont tout de suite allongé dans un box dont ils ont tiré le rideau. Ils m'ont dit d'attendre, ils avaient besoin de savoir qui il était. Il a un dossier ici je crois. Ils m'ont dit ah oui, en effet, ça datait de l'année dernière. Je me suis rendu compte que je tenais toujours son manteau. J'ai fouillé dans ses poches intérieures, j'ai pris son agenda. Je ne savais pas le nom de famille de Jessica. J'avais dû l'oublier. Je suis allé à la cabine de la grande salle des urgences près de la cafétéria et du kiosque à journaux. Elle se trouvait près de la porte en bâche plastifiée par où passaient les brancardiers et les soignants qui fumaient des clopes dehors, de temps en temps, pour se changer les idées, si c'était possible de le faire. En fait, pour ce qui est de vraiment se changer les idées, il faudrait s'arracher le cœur et qu'on n'en parle pas.

J'ai appelé des copains de la cabine du bas. Je n'ai pas eu de mal à la trouver. Au début elle avait une voix gaie, pas du tout de circonstance. Puis le silence.

– Comment il va ?
– Ils m'ont dit que ça irait, il voudrait te voir Jessica. Je sais pas si tu peux venir ?
– Ses parents, tu n'as pas appelé ses parents ?
Elle a soupiré au bout du fil. Oui elle savait où c'était. Bien sûr qu'elle savait où c'était. Elle en avait marre de lui, elle en avait marre du chantage qu'il lui faisait. Elle est arrivée vingt minutes plus tard. Un garçon l'accompagnait. Il aurait pu être lui mais en fait, non. C'est ce que je me suis dit en les voyant ensemble. Il m'a serré la main, il s'est présenté comme si on était dans une soirée autour de la place Pereire, il s'appelait Rémy.
– J'accompagne Jessie, ce n'est pas marrant les hostos.
Il lui a demandé si elle voulait qu'il monte avec elle. Elle a dit non, je ne reste pas longtemps.
– À tout de suite alors. Ok ?
Elle est allée demander à quelqu'un puis elle est revenue à la porte d'entrée, là où on fume, elle a dit à Rémy de repartir, elle allait rester un moment. Il a levé la main vers moi. À aucun moment on n'aurait dit qu'ils savaient où ils étaient, à l'hôpital Beaujon de Clichy-Levallois. On s'est assis ensemble. On est allés faire la queue à la machine à café. Elle portait une jupe courte, un blouson d'homme en jean. Ses bagues et ses ongles peints qu'elle mordillait souvent. On a essayé d'en parler mais c'est juste qu'elle ne savait plus comment faire avec lui. Elle n'en pouvait plus de lui. Elle avait décidé de. Elle vivait dans cette peur-là, qu'il

avale ses cachets, on ne pouvait pas vivre avec un type comme ça. Et ses parents ? Est-ce que j'avais remarqué comment ils étaient ? Elle parlait à voix basse, elle était en colère je crois bien. Peu après, elle m'a dit qu'elle devait partir. Elle est allée se renseigner à l'accueil avant de revenir s'asseoir. Il faut patienter.

– Non mais regarde-moi ces gens, elle m'a dit.

J'ai vu ses larmes couler sur ses joues, mais on ne pouvait pas en être sûr, et elle en avait marre de chez marre. On est restés une heure comme ça.

– Est-ce que tu crois qu'il va mieux ?
– Oui, Jessica, ce n'est pas grave.

Mais ses parents, où étaient-ils ? À Deauville.

Il ne voulait pas aller chez eux. Ils ne voudraient pas qu'il ressorte cette fois-ci. Un type est arrivé. Il avait des sourcils très fournis, il était gris et pressé.

– Ça va, on ne va pas le laisser sortir. Ses parents ne sont pas là ?

Parfois, je rencontre une femme qui écoute comme elle le faisait et ça me fait penser à eux, et à un tas d'autres personnes, comme un tas d'autres choses nous font penser à un tas d'autres personnes, et à qui ils sont aujourd'hui, car en fait, ils sont tous encore là peut-être, aujourd'hui. Ses parents, il était majeur, mais le type voulait quand même les joindre.

Ils viendraient le lendemain, il était tiré d'affaire de toute façon.

– Vous êtes qui, par rapport à lui ?
– On est copains, je ne suis rien.
– Il faut qu'il arrête ses conneries, votre ami.

Elle ne voulait pas aller le voir dans sa chambre. Elle allait m'attendre dehors. Quoi qu'il en soit on n'avait pas le droit de rester longtemps. Il était juste un peu endormi. Sa tête sur l'oreiller où c'était marqué AP en bleu, en grand. Un autre type plus âgé à côté de lui, et puis derrière le ciel sombre bien dessiné de Clichy-Levallois. Le ciel ne pouvait s'arrêter. Elle est rentrée dans la chambre finalement, il a essayé de lui sourire. Il a dû sentir que c'était elle, il ne pouvait pas parler avec le truc qu'ils lui avaient mis dans la gorge. Elle s'efforçait de lire ses paroles sur ses lèvres, elle n'a pas voulu s'asseoir. Il le savait sans doute et je ne pouvais pas me dire qu'elle avait tort, en vrai.

– Il faut que tu me promettes quelque chose.

Je suis allé attendre au bout du couloir. Nous, on se reverrait bientôt.

En bas, on a fumé une cigarette, elle avait appelé Rémy pour qu'il vienne la chercher.

– Tu crois que c'est ma faute ?

J'ai dit non, ce n'est pas à cause de toi. Il conduisait son Austin, il paraissait trop grand pour elle. Il s'est levé pour lui ouvrir la portière et il lui a dit quelque chose à l'oreille. Son sac à main. Son blouson en jean délavé et ses longues jambes, ses talons, comme une jolie femme qui dans une autre vie irait seule à Deauville dans une grande maison.

J'ai eu envie d'attendre avec lui qu'on soit déjà le 2 janvier 1984, je ne serais peut-être plus là la prochaine fois s'il recommençait ses bêtises. Je voulais le lui dire, lui faire entendre ça. Rémy a fait claquer la portière et ils sont partis aussitôt, comme des voleurs, je me suis dit. C'était triste comme le mauvais temps. Quand je suis remonté, j'ai été soulagé de voir sa tête comme pacifiée, sa longue mèche noire, sa pomme d'Adam. Je me suis rapproché de lui, je lui ai dit salut l'ami, repose-toi, on se tient au courant. Puis, je suis descendu. J'ai marché vers Paris.

* * *

Ce printemps-là le soleil traversait même les vitrines des agences d'intérim, alors parfois, ça allait. Je me baladais à Clichy-Levallois, je retournais à Asnières. Je n'avais déjà plus vingt ans. J'avais attendu une fête qui n'avait pas eu lieu. On en avait eu seulement un avant-goût, quelques lumières, mais le reste n'était jamais de la bonne couleur. Il avait dû arrêter son stage le temps de se mettre au vert et de finir d'oublier. Ils ont fait du bon boulot là-bas. Une fois je suis allé lui rendre visite dans ce centre semi-ouvert où il a séjourné quelques semaines pour effacer tout ça. Il y avait de grands arbres dans le parc autour de la maison, qu'ils appelaient le centre entre eux. Le centre de quoi ? J'ai vu les gens sur les bancs accrochés à leurs cigarettes, à leurs gobelets, aux bouquins qu'ils ne lisaient pas. Des adolescents dont il ne faisait plus partie depuis longtemps écoutaient des walkman de couleur, pelotonnés ensemble sur les marches du perron de cet endroit. Leurs rires aigus, leurs yeux brillants. Il était content de me voir. C'était gentil il m'a dit d'avoir fait tout ce trajet pour lui jusqu'à ce bled de grande banlieue. Il était souriant, il allait beaucoup mieux. On a marché dans le parc. Tous les bancs étaient occupés.

Ensuite je suis monté dans sa chambre pour bavarder un moment. Pourquoi étais-je venu ? Était-ce pour lui ou pour me rassurer ? Il s'est assis sur le lit, il m'a montré la chaise en face de lui. Il avait dû demander à plusieurs reprises une petite table pour en faire un bureau. Ses parents lui avaient rapporté ses bouquins. Le gros Dalloz rouge, d'autres livres de droit. Il apprenait facilement ici, il n'y avait rien d'autre à faire. Il avait encore des exams à passer, et déjà un travail à la sortie dans un grand cabinet. J'ai hoché la tête. Et toi ? il m'a demandé comme s'il venait de s'en apercevoir. On avait du mal à se parler.

– Comme d'hab, à Paris X Nanterre. Comment vont tes parents ?

Il m'a souri.

– Je les vois de temps en temps ; ma mère continue ses allers-retours, elle n'est pas venue souvent. Mon père me téléphone deux fois par semaine.

Il a eu un sourire juvénile et un peu triste, juste entre les deux, comme quand on sent qu'il faudrait liquider son cœur et qu'on n'y arrivera jamais, mais en somme, on y arrive, sans trop se rendre compte, un jour, on y arrive tout à fait. Un jour, on y arrive la vie entière. Il s'est allongé sur le lit. Avec les cachets il n'avait plus envie de rien, il m'a dit. Sa chemise bleu ciel. Son jean noir, ses cheveux bouclés. Il pensait à pas mal de choses, surtout depuis qu'ils le forçaient à avaler des cachets. Il m'a dit qu'il pensait souvent à moi, le bol qu'il avait eu par deux fois quand même.

– T'en avais pas pris assez pour crever, tu sais.

Il a haussé les épaules. Il pensait souvent à elle aussi. Je n'étais pas venu pour ça, mais bon.

Elle était passée deux fois. Rémy l'attendait en bas. Il avait aperçu l'Austin derrière le mur après la rangée d'arbres, tu vois ? Il y avait un clocher aussi qui ne carillonnait plus jamais. Elle lui avait apporté un walkman, une petite radio et *L'Équipe*. Elle lui avait apporté des cassettes et une grande boîte de chocolats la deuxième fois. Il a ri sans se forcer.

– Si si, je te jure, elle m'a apporté des chocolats. Tu en veux ?

J'ai pensé qu'il avait mal, il avait encore très mal, et puis, je me suis dit en rentrant, plus tard, un jour, il aura fini d'avoir mal et il aura vraiment terminé de s'arracher le cœur, et comment vivra-t-il après ça ? On s'est tenus l'un contre l'autre au moment de partir, comme des amants. Oui, c'est ça. Comme des amants. Ça me prenait du temps pour rentrer chez moi. Ou plutôt chez Jérôme et Antonella, je passais des journées entières là-bas quand je ne trouvais pas d'intérim.

Antonella en avait marre de ce pays. Elle en avait marre de cette banlieue. Elle avait installé un parasol dans la grande pièce de leur étage mais en fait, elle voulait un endroit où elle pourrait planter un parasol pour de vrai, avec un vrai soleil par-dessus. La mer, la montagne. Voyager. Jérôme déprimait sec à l'entendre, lui qui savait depuis toujours qu'il ne pourrait jamais bouger du quartier. C'est ce qu'il disait parfois. Ou bien partir il y pensait, mais où, et pour quoi faire ? Le temps passe vite ces années-là. Bientôt on serait au printemps 1984 et il ne reste déjà plus personne pour savoir exactement à quoi a ressemblé le printemps de cette année-là. Le ciel est peut-être bleu et on espère seulement que les choses vont se mettre à bien marcher dorénavant. Jérôme sentait qu'il n'y arrivait pas. Antonella voulait partir maintenant. Elle voulait voyager, elle en avait des haut-le-cœur de leur étage de maisonnette et de la grande tristesse grise de vivre à Gennevilliers.

Il n'avait qu'à venir avec elle, elle se débrouillerait s'il l'aimait. Il se « bourrait la gueule », comme il disait, quand ça n'allait pas. Il prenait un peu plus de drogues aussi. Du coup Antonella passait souvent la nuit ailleurs chez des copines, des filles de son cours de théâtre, dans les cafés d'Asnières ou de Clichy, de Paris. On a passé tellement de temps ensemble, pendant toutes ces années. Il ne s'annonçait pas si beau en fait, ce printemps-là. Mais bien sûr, il y aurait d'autres printemps. Jérôme et moi on traversait souvent le terrain vague pour couper vers le terminus de la ligne à Gabriel-Péri, avant qu'elle ne soit prolongée en direction des Agnettes. Antonella a voulu repartir quelque temps dans sa famille à Toulouse. Jérôme était désolé. Il voulait bien essayer de s'y mettre finalement, à la vie, mais il ne savait pas comment s'y prendre. Ils commençaient parfois dès le tourniquet du métro ses emmerdements. On n'avait pas payé de ticket et ils vous tombaient dessus, comme si c'était pour le plaisir qu'on allait chercher du boulot ! Il n'avait même pas réussi à réunir tous les papiers pour toucher les allocs. Avant son départ Antonella s'est fait couper les cheveux. Elle est allée chez ses parents à Toulouse puis plus loin, à Barcelone en Espagne. Ils en avaient parlé longtemps de s'installer là-bas. Pourquoi tu ne viens pas avec moi, Jérôme ? Bientôt la douche du squat a été couverte de moisissures, Jérôme n'y croyait plus, à sa vie. Elle n'était plus là. Alors bon. Il a arrêté tout à fait de faire semblant.

Lui je ne l'ai pas revu. Je n'avais même plus envie de passer à Pereire. C'était l'été maintenant. J'enchaînais des intérims en imprimerie. Les saisons défilent plus vite et on ne sait même pas comment on a fait pour y arriver. Antonella prolongeait son séjour en Espagne. Jérôme, on se connaissait bien pourtant. Il restait en slip dans la maisonnette de Gennevilliers, il sortait seulement acheter du pain et des oranges chez l'Arabe du coin de la rue Nazet. Le soir, il allait voir ses vieux potes qui vendaient vers la station du bout de la ligne 13. En face, les mômes qui traînent, entre la cité rouge et le terminus. Il n'avait nulle part où aller. Dans ses voyages immobiles il augmentait les doses à cause de ses mauvaises fréquentations et son enfance pourrie, il ne se plaignait jamais. Il coulait gentiment lui aussi. On en a encore parlé cet été-là. On en avait beaucoup parlé ; il ne voyait plus son père. Il l'avait à peine connu. Sa mère avait brûlé ses lettres, les photos, elle avait oublié leur vieil amour. Il n'y avait peut-être même jamais eu d'amour là-dedans ? Elle ne voulait pas lui en parler.

— Ce n'est pas ta vie à toi, Jérôme, elle lui disait, ça ne sert à rien de savoir. Il ne te méritait pas.

Comment le savoir ? Il ne l'a jamais su. Il avait espéré des choses. Il n'avait jamais pu quitter les berges de la Seine, il avait attendu son père presque inconnu. Le père inconnu, celui dont on ne parle pas : ne lui jetez pas la première pierre. Ni la dernière. Ne faites pas comme Jérôme. Ne faites pas comme moi.

Une fois, on avait à peine vingt ans, on était allés le voir ensemble, il ne voulait pas s'y rendre seul et celui qu'il voulait pour l'accompagner, c'était moi. Toutes ces années ils ne s'étaient jamais croisés par hasard. Il habitait un appart dans le grand immeuble de l'autre côté du pont. Je me souviens bien. Ça me faisait plaisir de l'aider et quelque part, je crois que moi aussi, j'aurais aimé qu'il m'accompagne si j'avais cherché à revoir le mien. Je me souviens des bruits dans les étages, comme dans n'importe quelle cité. Des chiens réels et de ceux qu'on invente, dans les appartements. Le bruit étouffé des pas derrière la porte. Un homme est venu ouvrir, enfin.

– Je m'appelle Jérôme Canetti.

Il a hoché la tête.

– Oui, je sais comment tu t'appelles.

Il avait les paupières lourdes, le teint gris.

– Je…

Le type ne disait rien. Ils se ressemblaient malgré tout. Ils se sont regardés longtemps. Le type a attendu que Jérôme parle.

– Ben rentre. Assieds-toi, toi aussi, assieds-toi.

Ils sont restés assis face à face. Jérôme n'arrivait pas à parler. Son père a allumé une cigarette et lui a tendu le paquet. Jérôme pleurait. Il s'est levé tout à coup.

– Pourquoi tu m'as jamais… jamais… ?

Il respirait trop vite. Il s'est enfui. J'ai voulu le rattraper. Son père n'a pas bougé. J'ai dit à Jérôme de m'attendre. Je suis sorti en courant après lui. Il s'était arrêté à mi-étage pour le regarder. Son père a refermé sa porte avec un air absent, en regardant sa clope. Il a fini de descendre les étages en courant.

– Non, ne dis rien. Ferme-la, s'il te plaît.

Après, on est allés se balader sur les berges en fumant des pétards. Il n'en avait jamais reparlé depuis, sinon peut-être avec Antonella.

* * *

Jérôme m'a appelé. Antonella partait en Argentine pour un stage de mise en scène. Elle avait un ticket round trip pour six mois. De toute façon, qu'est-ce qu'il pourrait bien foutre là-bas ? Il baragouinait à peine l'espagnol.
– On pourrait y aller tous les deux s'il te plaît ? Je me souviens du s'il te plaît. Il était très poli quand il était bien défoncé. On est allés à Orly par le bus de Denfert. J'avais pris ma journée. Il faudrait s'arracher le cœur. Les arbres étaient vert clair et vert foncé, les lions de Denfert ne rugissaient qu'un peu, ou presque pas.

On a vu ses parents, des gens encore jeunes et sympas, bronzés. Antonella avait toujours les cheveux courts, elle rayonnait sans réussir à ne pas lui montrer. Il faisait des efforts mais il n'arrivait pas à tout cacher. On a bu un café ensemble. Antonella était heureuse de partir, on allait sans doute tous pleurer quand l'avion décollerait. Sa mère, son père, ses copines Anita et Raphaëlle, Jérôme et moi pour faire le compte. Souvent les gens aiment les aéroports, ça les remplit d'une douce mélancolie, ou au contraire ils sentent l'appel du large et ça ne mange pas de pain. Jérôme il détestait la gueule des gens qui allaient prendre son avion. Il était mon ami depuis longtemps et il se faisait quitter par la femme de sa vie.

– Tu sais, j'ai réfléchi. T'es la femme de ma vie, il a dit à Antonella, tu le sais hein ?

Ses parents juste à côté. Elle avait gardé son sourire mais elle avait les boules, évidemment.

– Tu peux partir avec moi Jérôme. Tu peux me rejoindre. Tu le savais non ? On en a parlé pendant des mois.

Il a jeté un coup d'œil autour de lui, moi j'ai croisé son regard et je me suis rendu compte qu'il était en train d'y rester, à ce moment-là.

– Je saurais pas quoi faire là-bas, Antonella. Je suis accro. J'ai une hépatite C. Je sais pas l'espagnol, je ne suis jamais parti d'ici.

Il a voulu l'embrasser avant de la laisser avec ses parents. Ils se sont mis à l'écart, je ne sais pas ce qu'ils se sont dit. Un jour moi aussi, je prendrais l'avion. Je ne savais pas quand ni où, mais je le prendrais.

On est allés serrer la main des parents d'Antonella qui s'étaient installés au bar devant un autre jus d'orange. On se souvient surtout des détails, dans la vie. Parole, ses parents n'avaient pas l'air de comprendre. Après, bien plus tard, j'ai compris que si, ils avaient parfaitement compris et attendaient calmement son départ. Ils avaient l'impression de la sauver si ça se trouve.

– Allez, salut, m'a dit Antonella.

Elle avait longuement embrassé Jérôme et quand elle s'est détachée de lui, elle a fait signe à ses parents.

— À bientôt. Tu me donneras de vos nouvelles ?
— Oui, promis.

J'ai fermé les yeux, à un moment. Je n'ai jamais oublié le baiser d'Antonella. Jérôme était parti comme une ombre, vite et sans se retourner. Parfois, quand j'y pense, ou même sans y penser, je me dis que j'ai connu l'amour dans ma vie. J'ai connu l'amour dans un squat de Gennevilliers sans y mettre de nom. J'ai retrouvé Jérôme sur la plate-forme des bus d'Air France. Il était assis sur une valise qu'il avait piquée sur un coup de tête. Il avait les larmes aux yeux. Il allait rentrer chez lui. On a regardé ce qu'il y avait dans la valise, c'était bête de l'avoir piquée comme ça, pour rien, pour se changer les idées. On l'a laissée au guichet. On est vite monté dans le bus. Il n'a pas voulu attendre le décollage. On n'a rien senti cette fois-ci. Ses cheveux bouclés plantés bas sur le front, sa barre au milieu. Il ne montrait pas comme il avait mal. Il avait essayé, il m'a dit.

— Elle est trop bien pour moi, Antonella.
— Arrête, Jérôme, tu dis n'importe quoi.

Pourtant, je me dis aujourd'hui qu'il avait peut-être raison ? Et j'ai horreur de me dire ça. C'est impossible de penser ça. Je me déteste de le penser, parfois. Ensuite, je ne sais plus rien. On est au milieu d'août 1984.

J'ai trouvé un travail et je rentre chaque soir dans mon studio de Clichy, avec ma paie je me suis acheté un répondeur. Ma mère a laissé des messages deux ou trois fois dessus. À une ou deux reprises, Jérôme a dû laisser la bande se dérouler, mais je ne l'ai pas rappelé. Je le ferai plus tard. J'attends un petit miracle pour ne pas en être quitte envers la vie. Le soir fenêtre ouverte j'écoute les oiseaux dans les deux marronniers en face de chez moi. Je reçois une carte postale d'Antonella. Un jour Jérôme sonne à ma porte, il est en affaire avec ses copains de la cité rouge de Gennevilliers, ceux qui lui vendent la drogue. Il ne parle plus jamais d'elle ; il n'a jamais parlé de lui. Il passait dans le quartier. Il ne va pas bien je me dis. Ses yeux qui brillent. Les verres d'eau. Le manque. La semaine suivante, je vais le voir avec une bouteille de vin et comme j'ai de l'argent je lui propose un restaurant. Je suis dépité de voir qu'il a fermé le parasol qu'elle avait mis pour égayer la vie, pour faire comme si. Il faudrait s'arracher le cœur et vieillir d'un coup. On n'aurait plus mal, on sentirait rien. Il est d'accord, il n'est presque pas sorti de chez lui depuis plusieurs jours et ça lui fera du bien.

Ses yeux, il les garde plissés, il marche très vite, il sourit en me parlant mais il a une barre au milieu du front, tout au milieu. Cette barre, il l'a toujours eue sauf que, cet été-là, elle se met à prendre toute la place. Il est content pour moi, que j'aie trouvé un vrai boulot. En plus, vu que c'est temporaire, ils paient même un poil plus que le smic.
– C'est bien mon pote, tu te ranges alors, il me dit gentiment.
Je crois qu'il se moque de moi mais non, il en aurait vraiment eu envie, dans sa vie.

– Moi ? J'ai loupé le train, il me dit.

On se retrouve dans un restaurant vietnamien des Grésillons, le patron nous sourit souvent par le passe-plat car nous sommes ses seuls clients de cette journée d'août, sa femme porte une minijupe rouge en soie. Une petite fille aux cheveux noirs luisants. Elle a des couettes.

– J'aurais dû partir avec elle.

– Pourquoi tu ne lui écris pas ? Pourquoi t'y vas pas maintenant ?

Il ne me répond pas. On mange sans rien dire, on se sent bien ensemble. Il me tape sur l'épaule, merci pour le repas. On y va ? Des types à la station du métro veulent lui dire quelque chose.

– Ouais salut, on verra plus tard.

Il faudrait s'arracher le cœur. Ce sont des types assez méchants qui vendent entre le quartier du Luth et le terminus de la ligne 13. Avant, avec Antonella, on faisait le détour pour ne pas les croiser.

– Tu repasseras bientôt, lui dit le type. Tu crois que tu vas plus revenir mais tu reviendras. Les mecs comme toi reviennent toujours, Jérôme Canetti !

– Ouais, tu te répètes là, salut !

Cet enculé a raison. On passe une bonne soirée avec Jérôme dans un café. Il me parle un peu d'avant, de comment c'était chez lui. Je ne me rends pas compte sur le coup : il ne m'en a jamais autant dit.

– Faudra pas l'oublier, ce que je te dis. Tu pourras le raconter si un jour tu t'y mets ?

Il me regarde, les yeux bleus et brillants de Jérôme Canetti. Peut-être est-ce lui parfois par-dessus mon épaule, tôt le matin, quand je viens vous raconter ? Et les nuits quand son histoire me tient éveillé aussi ? On est peu nombreux dans la salle. On passe une dernière bonne soirée.

— Au fait tu le vois toujours ton bourge là, l'avocat ?

— Lui ? Non, on se voit plus, il a dû guérir je crois.

— C'est cool alors. Il a eu de la chance ce type-là.

On sort de ce café, on décide de se rendre à Paris par la ligne 13 comme avant. À un moment, on fume un joint tranquille en traversant le terrain vague. Il me tend une lettre d'Antonella.

— Tu veux la lire ? Vas-y. C'est marqué mon amour dessus, mon amour tu vois, c'est moi !

Mon ami Jérôme me sourit. Je devrais peut-être lui dire que c'est lui mon seul ami mais sur le moment je ne me rends pas compte. Peut-être qu'il a déjà décidé de ce qu'il allait faire ? On a escaladé la grille d'un petit square du côté de la gare Saint-Lazare, dans la direction de Saint-Augustin.

— Je tiens le coup, oui, ça va, me dit Jérôme. Tu sais on a passé trois ans ensemble, je savais pas comme on pouvait être si heureux.

— Rejoins-la, pourquoi tu vas pas la voir ? T'as vu comment elle t'appelle sur la carte ?

— Non, je suis pas un mec pour elle, je suis pas le mec qu'il lui faut.

Je n'ai jamais revu Jérôme après ça. Le parasol du squat était vert, rose et bleu. Pour sortir il m'a fait la courte échelle et il a repris le métro ligne 13, moi le train de banlieue pour Clichy-Levallois. Un jour, je vais m'en aller d'ici. Enfant il n'habitait pas loin de la Seine dans le grand HLM qu'ils ont récemment détruit, en 2009 je crois. Moi je ne m'en souviens pas, ma mère me l'a dit, on se voyait déjà au square des berges, on était ensemble chez la même nourrice, on devait avoir trois ans. Il ne faut pas l'oublier. Je n'ai jamais oublié. On garde en tête une liste des amis de sa petite enfance, même si elle ne sert à rien, sauf dans les cas d'urgence ou peut-être dans une vie future, sauf en cas de grand besoin.

* * *

Antonella est arrivée après plein d'autres. Madame Canetti avait l'air bien plus âgée qu'elle aurait pu à son âge, elle portait un tailleur-pantalon gris. Antonella revenait d'Argentine.

Quand elle l'a aperçue la mère de Jérôme est allée à sa rencontre, elles se sont serrées dans leurs bras. Il faudrait s'arracher le cœur pour ça aussi, comme elles se sont parlé, de femme à femme, comme deux personnes égales, comme deux sœurs. On était au mois d'octobre, on pourrait dire qu'on était tous là. Pourtant, « tous » est quelque chose qui n'existe pas, qui a seulement existé quand nous étions encore des enfants. Il y avait des types que je ne connaissais pas ; des ombres qui rôdaient à Clichy, à Bois-Co, à Asnières-Gennevilliers. Marie-Noëlle et Géraldine ont entouré Antonella, à un moment elle est venue vers moi, on se parlerait tout à l'heure. Elle était effondrée. Sa mère avait déjà pleuré toutes ses larmes je crois bien. Que reste-t-il après ça ? On n'avait pas eu le temps de réagir. J'ai vu un oncle de Jérôme qui lui ressemblait tellement, mais c'était comme s'il avait loupé le train et qu'il était resté à se dessécher plusieurs dizaines d'années sur un quai de gare, celle de Gennevilliers, le RER près du chenil, ou alors à rôder sans savoir dans le grand hall des pas perdus de Saint-Lazare avant la rénovation.

Je me souviens des grands arbres, comme c'était beau sous le soleil. C'était beau pour rien maintenant sans Jérôme. Ce que nous étions jeunes alors ! La vie, je ne retournerai jamais à l'hôpital Beaujon, je me suis promis ça, et puis bon, c'était n'importe quoi, longtemps après mon fils est né au quatrième étage dans le même hosto. Antonella pleurait sans cesse sous sa mantille noire. Son maquillage avait coulé. Plus tard, elle m'a dit que depuis mon coup de fil, elle avait l'impression qu'elle allait crever de froid. Elle avait donné rendez-vous à ses parents qui voulaient la voir mais ils avaient loupé leur train à Toulouse pour monter. La mère de Jérôme avait déjà beaucoup pleuré alors elle nous a dit que non, il ne fallait rien dire de plus, à présent il fallait juste se taire et ne jamais oublier Jérôme. Elle avait fait ce qu'elle avait pu. Il aurait dû avoir une vie meilleure. Puis, elle a voulu qu'on la laisse seule avec lui. Mais elle a pris la main d'Antonella dans la sienne, elle lui a dit qu'elle ne l'oublierait jamais, qu'elle espérait qu'elle n'oublierait jamais Jérôme, car pour lui, malgré la drogue, malgré tout, c'était elle, sa vie. Antonella l'a embrassée et ensuite avec Marie-Noëlle, Géraldine, Sid-Ahmed et pas mal de ceux que je voyais moins, elles ont remonté l'allée Nord du cimetière de Clichy, celui près de la ligne de train. Avant, tout près, entre le cimetière et le bord de la Seine, il y avait une piscine découverte. On y allait en bande, avant. Jérôme n'était pas le dernier à se moquer de moi car je faisais beaucoup de remous dans la flotte pour ne pas avancer !

On n'a pas dit les mots qu'on avait préparés, sa mère ne voulait pas. J'ai regardé à droite à gauche s'il y avait le type qu'on était allés voir, il y avait quelques années, dans le HLM à Clichy ? Son père n'était pas là. On est sortis ensemble, les amis de Jérôme, par une porte dans le mur sur le côté. Les types de la cité bleue qui lui vendaient sa came sont partis dans leur BM noire. On a fumé sans rien dire. Antonella pleurait sans s'arrêter. Elle m'a tiré à l'écart.

– Est-ce que c'est ma faute ?
– Non, arrête, tu n'as rien à voir avec ça. Il a fait une overdose, tu sais bien.

Malgré tout, elle n'arrivait pas à s'enlever ça de la tête qu'elle aurait dû rester avec lui.

— Il t'aimait, Antonella. Tu n'as rien à voir avec ça.

Il lui a fallu des années sans doute pour se l'enlever. Il faudrait s'arracher le cœur, après on le répare et c'est fini. Il avait fait très beau ce jour-là. On était déjà en automne, je venais de finir un intérim. Ils pouvaient m'appeler si je voulais, l'année prochaine, pour au moins trois mois ? Je vous remercie beaucoup. Mais je crois que ça ira. Ensuite on s'est évités un peu les uns les autres, on s'est moins tenu au courant après l'enterrement. Pourquoi ? Il y a eu une enquête bâclée, dans d'autres endroits de banlieue d'autres Jérôme avaient perdu la vie ces semaines-là, à Argenteuil, dans le quartier du Luth à Gennevilliers, à Suresnes et aussi à Saint-Denis. Je ne sais pas s'ils ont retrouvé ceux qui vendaient cette came pourrie. Je n'ai pas voulu savoir. Antonella ne resterait qu'une semaine, elle avait proposé à ses parents de la rejoindre à Paris pour passer du temps avec eux. Elle allait faire du théâtre à plein temps en Argentine. La France n'avait pas voulu d'elle, ni de Jérôme en un sens. Elle avait des amants mais elle ne les gardait jamais longtemps dans son lit. Je suis content aujourd'hui de voir parfois son nom sur des affiches. Elle fait de la mise en scène. Je pense souvent au parasol du squat de Gennevilliers. On ne devait pas se perdre de vue. Si elle n'était pas partie elle n'aurait jamais pu faire tout ça, tu comprends ? Oui, Antonella, il comprenait aussi tu sais.

On a passé la soirée ensemble, on est allés dans plein de cafés différents. On s'est assis sur une pelouse de Courbevoie avant d'aller dîner tous les deux dans un couscous à la porte de Clichy. C'était un des endroits de Jérôme. On avait du mal à se quitter. Ce serait comme de l'abandonner encore une fois. Le dernier train, le métro. On s'est encore retrouvés pour bavarder elle et moi. Elle avait passé une nuit sans dormir chez Géraldine dans la grande maison des fêtes de Courbevoie. Elle voulait encore parler de lui, comme si elle pouvait le faire revenir parmi nous.

– Et toi ?

Je lui ai dit, pour l'intérim.

– Ah oui, une vie de merde alors ? Elle m'a répondu avec son accent du Sud-Ouest. Tu veux te gâcher la santé ? J'ai dû rire jaune je crois bien. Mais qu'est-ce qui te retient ici ?

Elle pensait comme lui au fond.

– Et l'autre au fait, ton couillon d'avocat, tu le vois toujours ?

Non, et c'était de ma faute aussi, Jérôme mon ami de chez la nourrice sur les berges qu'on se rappelait même pas.

– Tu as raison tiens, je vais l'appeler un de ces quatre.

On s'est revus le lendemain. On allait se revoir tous les jours. Elle avait toujours aussi froid. Elle allait avoir froid plusieurs années je crois bien. Cette journée-là des copains à nous et ses parents nous ont rejoints. La mère de Jérôme lui avait demandé de faire le tri dans la bicoque de Gennevilliers avant de rendre la clé à l'agence. On avait mal dans cette rue-là. La douche, les quelques mètres de gazon devant les escaliers où elle avait fait pousser des fleurs, avant. On avait tout peint en vert une fois dans la cuisine, il y avait deux ou trois ans, une éternité. On n'a pas jeté toutes ses affaires. On a pensé à sa mère et on a fait deux cartons pleins des choses auxquelles il tenait. Les photos d'Instamatic et les Polaroid déjà fanés. Les disques. Les riens du tout. Il faisait très beau ce jour-là. Je me rappelle bien la douche qui fuyait. J'ai encore essayé de serrer l'arrivée d'eau avant de partir pour toujours. L'odeur de clope. Dans une boîte en fer de biscuits La Bigoudène le garrot, des seringues, une petite cuillère et du coton hydrophile. On a sorti des sacs-poubelle. Je ne me souviens plus de ce qu'on a fait du parasol. Je porterais plus tard les derniers cartons à sa mère.

— Bon, tu viens, on y va ? a murmuré Antonella.

Elle s'est retournée devant la vieille maison, elle a fait le signe de croix. On a marché vers Gabriel-Péri. Des types nous ont suivis des yeux, des types qui connaissaient Jérôme et dont il ne serait pas vraiment faux de dire qu'ils l'avaient tué pour de vrai. Devant eux elle m'a pris la main, c'était la main d'une femme dont je n'ai jamais oublié le baiser, de toute une vie. Ses parents étaient encore là. Ils ont traîné dans Paris, elle me proposait chaque jour de venir avec eux : tu fais quoi demain ? C'était comme si elle s'occuperait de moi à distance elle aussi.

Elle allait partir dans cinq, quatre, trois, deux jours, et puis, on serait le lendemain. J'ai passé une merveilleuse semaine dans le souvenir de Jérôme avec elle. On l'a pleuré ensemble tous les deux, dans son lit. Elle est repartie avec ses parents pour Orly.
– Ça te dirait de venir me voir là-bas ?
J'ai su qu'on n'avait pas de plan B dans la vie. Cette histoire est pour Jérôme, je la lui dois depuis trente ans comme histoire, et depuis presque cinquante, dans ma vie. Mais elle est aussi pour Antonella, pour tous les autres, et même pour lui qui n'était pas venu au cimetière, à Clichy.
– Ça t'étonne ? elle m'avait demandé.
– Ben...
Je n'ai pas osé lui dire que oui.
– T'es encore amoureux ou quoi ? Elle s'est marrée en me disant ça.
– Non, tu sais, l'intérim...
– Tu veux pas partir avec moi ?
– Non, je peux pas, Antonella. Plus tard, peut-être...
– Personne veut jamais partir avec moi, a murmuré Antonella.

Elle s'est installée en Argentine en 1985, puis elle a rejoint une troupe espagnole à Cuba. D'autres amis sont partis eux aussi à l'étranger ces années-là, et ce n'est pas un mince honneur de dire qu'ils m'ont toujours invité à leur rendre visite. Mais va savoir pourquoi, tellement je me suis mal débrouillé, je n'ai jamais pu aller les voir. Je suis resté dans le coin, le coin de chez Jérôme, de chez elle, de chez vous, chez moi en somme. Alors bon. On a toujours trop de plaisir à se revoir, elle et moi. On ne parle plus jamais de lui. C'est mieux comme ça.

＊＊

Il était là, la tête sur le divan ; on s'est dit salut ça va ? Il avait fini sa journée de travail. Il a dit oui, j'ai appris pour Jérôme, je n'ai pas pu venir, désolé. Sinon il allait bien, merci. Je crois que j'étais venu pour l'engueuler parce qu'il m'avait trahi et puis finalement non, j'étais content de le voir. Et toi, ça va ? Oui, je me repose, j'ai bossé six mois d'affilée. Il a sifflé entre ses dents :
— Ben dis donc, toi, six mois !
Les fenêtres étaient ouvertes. Elles donnaient sur la petite ceinture. Les derniers trains circulaient encore autour de Paris, le nom des stations. Les arbres et la rumeur du beau, du mauvais temps. Il allait commencer un nouveau stage de six mois, il se spécialisait dans le droit des affaires, ça faisait vraiment plaisir à ses parents.
— Je te paie une bière, il ne pleut pas non ?
— Oui tiens, une bière.
On a marché vers la place des Ternes. On a trouvé une terrasse à l'abri, on n'a pas beaucoup parlé. On n'avait plus grand-chose à se dire à

supposer qu'un jour on en ait eu. Je crois que je l'oubliais déjà. Mais en même temps, je me tourne vers lui, il a les yeux fermés derrière ses Ray-Ban d'avocat, sa pomme d'Adam monte et descend et j'ai encore envie de le prendre dans mes bras. On s'est levés sans se donner le top départ. Il avait le temps. Sa nouvelle copine sortait entre filles et il suffisait qu'il soit là à minuit. On pouvait même aller l'attendre, si je voulais. J'ai dit non, je préfère rester par ici. C'est comme tu veux.

Je ne sais pas si on a pensé les mêmes choses, sans doute pas au même moment. De toute façon, j'ai oublié de quelles choses il s'agissait, et moi, je crois que je sentais surtout mon cœur partir. Dans quelque temps, j'aurais mon anniversaire la même semaine que Jérôme Canetti. Il m'a invité au restau. Je lui avais rendu un fier service.

– Oui, je sais, tu me l'as déjà dit.

Parfois il reprenait les expressions les plus creuses qu'employaient ses parents, ma mère aussi d'ailleurs, en général tous les parents. On s'est retrouvés à Saint-Lazare. Qu'on boive au moins encore un verre. Elle s'appelait Christine la nouvelle. Il m'a montré sa photo. J'ai trouvé qu'elle ressemblait beaucoup à cette Jessica dont il avait été si amoureux, mais je l'ai gardé pour moi. Une autre jolie fille des beaux quartiers, avec de longues jambes et plein de choses à faire tous les jours de sa vie.

– Elle est super jolie dis donc.

Il était content que je lui dise ça. Il avait bien oublié dans le centre avec un parc, je n'ai pu m'empêcher de sourire dans la brasserie de l'Oiseau bleu, en bas de la rue de Rome : j'avais perdu un ami. J'avais bu des dizaines de bières avec eux dans ce café-là. Parfois j'y retourne quand je suis dans ce quartier, je dois choper un train et je suis un peu en avance. Personne ne le dit, mais j'en suis quasiment sûr, d'autres personnes font comme moi, nous faisons tous pareil dans cette vie.

— Tu m'en veux tant que ça ?
— Je t'ai rien dit, pourquoi tu me demandes ça ?

Il a hoché la tête, j'ai pensé à ses parents, à sa mère et à celle de Jérôme aussi, sans savoir pourquoi.

— Dis-leur bonjour de ma part.
— Oui, je n'y manquerai pas.

J'ai fait demi-tour. Je ne me suis pas retourné quand il m'a appelé. Il n'a pas appelé très fort, il n'a pas couru après moi.

J'ai pris le métro. J'avais fait six mois d'intérim. J'avais l'impression de ne pas avoir à bosser avant l'année suivante, ou peut-être même celle d'après. J'avais perdu mes amis, on n'a pas à se plaindre. Je suis rentré devant chez moi à Clichy-Levallois, puis j'ai fait demi-tour. Il y avait des bars éclairés là-bas, au bout, du côté de la porte. Je ne serai jamais avocat, je n'irai pas en Argentine. Mon cœur plus léger sous le ciel. Quand je me suis couché, c'était déjà presque le jour, je me suis rendu compte que les oiseaux se réveillaient.

Je vais devoir vous laisser

Je vais devoir vous laisser. Je me suis rappelé sa phrase le soir, presque chaque soir. Nous laisser ? Il nous a souri, à ma sœur et à moi.

– Où vas-tu ?

Elle s'est rapprochée de lui, moi j'étais resté un peu en arrière par rapport à elle, par rapport à eux, et je me suis dit que je ne les laisserais jamais, ma sœur, ma mère. Il n'avait pas grand-chose dans sa valise. Il était allé la chercher à la cave. Sa valise.

– Je ne vous abandonnerai pas, je ne vous laisserai pas tomber.

Ma sœur a lâché sa manche. Parfois, certains dimanches, on avait repassé ses vêtements pour s'amuser elle et moi. Je me souviens d'une marque de fer à repasser marron sur une chemise blanche, à la mode des années quatre-vingt, que nous portions sur un jeans, avec un gilet de satin.

– Mais maman, pourquoi tu l'attends pas ?

Je suis arrivé à sa hauteur.

– Laisse-le. Ma sœur a lâché sa manche. Ne me touche pas, je lui ai dit.

Il a pris sa valise. De près il paraissait ému et un peu en colère mais si on l'avait vu avec sa valise sur un quai de gare, on aurait dit un type normal, un petit représentant qui part deux ou trois jours dans une ville de province pour une affaire discrète et à peu près sans intérêt. On a pensé à « la pute », celle qu'il allait rejoindre. Parfois, on en reparlerait ma sœur et moi et on en conclurait qu'elle n'était pas une pute peut-être bien. N'empêche que lui, il nous avait abandonnés, alors il ne méritait pas notre amour filial.

Ma mère n'était pas là quand il est parti. Elle n'était pas encore rentrée. Elle travaillait dans la compta. Ma sœur pleurait et n'avait pas encore agi comme elle avait prévu. Elle m'avait mis au courant : elle allait se cramponner à lui, devenir hystérique comme une bonne femme et il n'aurait pas d'autre choix que de changer d'avis, de rester avec nous. Avec nous ? Bien sûr, à peu près plus rien ne les liait ma mère et lui. On leur ferait quand même passer de bons moments. De ce que nous savions, de ce que ma sœur avait constaté parmi ses copines de classe et dont elle discutait souvent avec elles, ça arrivait de plus en plus souvent, les séparations, et après tout, si on ne trouvait pas chaussure à son pied, qu'est-ce qui nous empêchait d'en essayer une autre paire ? Elle riait, à cause de l'expression une autre paire, je ne l'avais sans doute pas comprise sur le coup. Mais elle ne s'est pas accrochée à lui, finalement. Elle ne s'est pas placée entre lui et la porte. Les fois où j'ai pensé à son départ – il nous était arrivé d'en parler tous les deux, assis sur les marches du petit Franprix en bas de la Sablière, là où nous allions acheter les bouteilles d'eau –, j'ai toujours imaginé qu'il allait me dire un secret juste avant. J'avais beaucoup de place au cœur pour un secret, rien que pour lui et moi. Je ne le répéterais à personne. Mais non. Je me suis seulement demandé où il avait eu cette valise. C'était une valise de vieux, de très vieux, pourquoi n'avait-elle pas été jetée par ma mère, un matin de printemps ?

On a un peu pleuré, ma sœur et moi, autant que je me souvienne. Mais en fait pas tellement : il avait l'air si seul avec sa petite valise de merde ; il a franchi la porte, en nous promettant de nouveau de « garder le contact », de « ne pas nous abandonner », d'être « toujours à nos côtés ». Il restait toujours notre père même si, pour l'instant, il valait mieux ne pas essayer de le joindre car lui-même ne savait pas exactement où il allait habiter. On ne pouvait donc pas tout à fait compter sur lui. Il allait revenir. Maman l'accepterait puisque en réalité, elle acceptait depuis longtemps ce qu'elle devait accepter.

– Je vais devoir vous quitter.

Il nous avait dit ça.

– Pourquoi ?

Il n'avait pas répondu. Il avait failli dire quelque chose à ma sœur, genre ne me jugez pas trop vite, vous comprendrez plus tard, quand vous serez grands.

– Ne me reprochez pas sans savoir.

Ensuite il a regardé sa valise, sans parler. Il a regardé sa valise pourrie sur la moquette qu'il avait posée un week-end avec ses deux copains, Jo Rodriguez et Marc-Antoine Patineau, Rodriguez était artisan et Patineau travaillait dans la même mutuelle que lui. Ensemble, notre père et lui, quand ça les prenait, ils déliraient sur les mutuelles. Au bout d'un moment on n'a plus eu le cœur à essayer de le retenir encore. Elle s'est assise sur la moquette et elle a pleuré un peu. Je lui ai passé le bras autour des épaules.

– Arrête, ça va aller, et puis, vu qu'elle a pleuré encore de plus belle, je m'y suis mis moi aussi. Je n'ai pas entendu ses pas dans les escaliers. Il devait porter des semelles de crêpe. On est allés à la fenêtre. Il avait le poids de l'air sur ses épaules, il allait prendre son train. J'ai imaginé le menacer en hurlant de me jeter par la fenêtre pour le retenir.

– Qu'est-ce que tu fous ? Papa ! Reviens ! Reviens !

– Arrête. J'ai regardé ma sœur arrivée près de moi. Il avait vraiment une moche valise à la main. Il a disparu de notre vie quand il a tourné au coin de la voie privée. On devait se concerter Magali et moi sur la marche à suivre. Je vais devoir vous quitter, et finalement, il l'a fait.

On s'est regardés tous les deux, ma sœur et moi, genre est-ce que c'était du lard ou du cochon ? Était-ce seulement que vieillesse se passe tout lasse tout trépasse ou alors pire ? À notre avis, il ne devait pas aller bien loin avec une valise merdique comme ça. Pourtant, s'il nous avait abandonnés, il ne nous avait pas abandonnés pour nulle part. Où allait-il se rendre avec son air sans la moindre gaieté ? Bon. On a attendu ma mère. On a essayé de faire nos devoirs, vecteurs et cosinus, Chambre des députés. Elle a observé de près l'effet du khôl sur ses yeux qui pleuraient et moi, j'ai attendu qu'elle sorte de la salle de bains pour y rentrer. Je me suis dévisagé à mon tour dans la glace de la salle de bains : est-ce que je serais aimé d'amour quelque part ? J'étais taré de temps en temps. Ma mère rentrait vers dix-huit heures trente. On a mis la table. On avait bien pigé le truc de ne mettre que trois assiettes à la place de quatre, ça ferait toujours ça de moins à laver. On ne mettrait parfois même plus d'assiettes quand ma mère voudrait boire du bouillon, son départ aurait des conséquences sur la cuisine aussi. Bon, on a mis de l'eau à bouillir pour des pâtes. On a regardé les fiches de recettes *Elle* dans leur petit casier orange. On a cherché le plat facile à faire.

– Ben, décide, elle m'a dit.

Elle est retournée chialer dans la salle de bains. L'appartement resterait petit mais en somme, moins petit qu'avant. Avant on aurait pu donner dans la famille heureuse qui manque d'argent, maintenant on allait faire genre monoparentale qui fait de la cuisine à partir des fiches du *Elle* du mois d'avant. Père, disparu sans laisser d'adresse. J'ai arrêté le gaz sous l'eau. Ils s'engueulaient beaucoup nos parents. Ils s'étaient toujours disputés. Il avait toujours été en trop, d'ailleurs ma mère s'était débrouillée pour ne pas être là. Souvent, j'allais être comme lui, tout à fait comme lui, tous ces défauts dont elle m'affabulerait au nom de la solidarité des hommes entre eux, tel père tel fils, telle mère telle fille, tel Charlot telle Charlotte, Carlito ou Carlota. Elle tardait à rentrer.

Peut-être qu'elle allait nous abandonner elle aussi ? m'a suggéré ma sœur en revenant de la salle de bains. On a essayé de rigoler. Elle avait des Kleenex dans la poche. J'en ai pris quelques-uns. Elle avait les yeux grands ouverts tout noircis et les deux mains entre les cuisses, comme, dans la grande tragédie grecque, madame Elvira Popescu sur le poster de sa chambre.
– Mais non, elle prend son temps, t'es bête ou quoi ?
Le salaud, nous murmurions à intervalles irréguliers, sans conviction, pleins d'espérance que mais en fait non. Bien sûr que non. Il y avait un peu de vent dans la rangée de bouleaux. Ou bien, on disait : ils auraient pu nous avertir avant. Ou encore, ils auraient dû le faire il y a des années, comment va-t-elle se remettre à la colle dorénavant ? Nous étions inoccupés.

Il avait travaillé à droite à gauche et il avait donné son salaire à sa mère, puis, après son mariage, à la nôtre. On n'avait pas passé tant de temps que ça avec lui finalement. Il ne faisait pas tard du tout dans le ciel au-dessus d'Asnières. Si à chaque fois qu'il y en a un qui meurt, un qui plaque et l'autre qui est plaqué, on était en état de catastrophe naturelle, on ne serait pas sortis de l'auberge. Il y a eu un moment de la fin d'après-midi avec vraiment plus personne autour de nous, ma sœur et moi. Je me souviens bien. Le soleil qui descend. Les gens rentrent chez eux avec leur pain, leur pas pressé d'employés de bureau. Leur pause angoisse près du local des poubelles ou en ouvrant les boîtes aux lettres. Il avait peut-être voulu fuir tout cela ? J'ai pensé à Patrick Dewaere à ce moment-là. Comme j'avais peu de bons copains dans la vie et que mon père venait de se barrer avec une valise à la Linda de Suza, Patrick Dewaere apparaissait illico pour m'aider. J'adorais, j'aime encore aujourd'hui, ce type-là. Liste des films dans lesquels a déjà joué Patrick à cet âge à compléter. Il était très sympa. Patrick Dewaere. Au physique il ressemblait aux types du café du Cercle, en bas près de la gare. D'ailleurs nous n'allions pas tarder à nous y rendre si ma mère ne revenait pas. C'est difficile de partager sa mère à plusieurs, si vous voulez mon avis. C'est difficile de dire « sa mère » en parlant de Magali, parce que c'est la mienne aussi, mais si je dis ma mère, ça coince. En fait ma mère avait toujours eu des doutes. Les fils, ma mère n'aimait pas vraiment ça. Lui, il s'était carrément barré. Même pas mal, enfin si. Mais bon. Alors quoi.

Ils étaient mal ensemble de toute façon. On le savait depuis toujours ma sœur et moi. On le savait par moments, en tout cas on ne pouvait jamais l'oublier tout à fait. Nous étions nés là-dedans. L'ILM a encore gardé son odeur les jours qui ont suivi sa disparition. Il y avait un drôle de truc à la menthe dans son après-rasage et son eau de Cologne qu'il mettait le matin avant de prendre sa sacoche, avant d'avoir pris la valise. Il avait choisi la plus moche des valises qu'on avait. Il avait eu comme un genre de courage en fait à mettre les bouts. Il était lâche d'un autre bout. Il n'y a que deux bouts, en somme. Il marchait sans doute en tenant sa valise de la main droite, la main gauche dans la poche de sa veste : un blazer bleu marine qu'il avait gardé sous son imper. Je ne peux pas dire qu'on ait mis plus de deux heures à l'oublier. En un sens comme pour les films de Patrick Dewaere je n'allais rien oublier et j'avais déjà tout oublié en même temps, juste après. On n'avait rien à faire qu'attendre, en vrai. Alors on a vidé l'eau bouillante, on a rangé la casserole. Elle n'était pas encore rentrée à la maison. À un moment une peur venue de la petite enfance m'est retombée dessus comme à Magali, qu'elle ait elle aussi décidé de faire le mur. Mais quand j'ai regardé ma sœur, j'ai bien vu qu'elle avait déjà eu la même idée. Nous avons trouvé le moyen de nous rassurer comme ça sans avoir besoin de rien dire. On est restés à attendre assis sur la moquette du salon. La porte de leur chambre était fermée. Je vais devoir vous laisser. On était à l'étroit.

Quand le téléphone a sonné, Magali et moi nous nous sommes regardés, elle a décroché à la quatrième sonnerie, juste un peu en retard, savoir ce qu'elle allait bien pouvoir dire si c'était maman ? Et en effet, c'était elle.

– Comment ça va ma puce ?

Ma mère appelait ma sœur ma puce, moi, en général, elle ne m'appelait pas. Ou alors mon lapin ? Va pour mon lapin.

– Ben ça va, ça va bien, Magali a roucoulé.

Puis, comme je lui grimaçais des choses pour la forcer à cracher le morceau, elle m'a tourné le dos pour lui parler. Elle a pris une voix douce d'ascenseur en panne mais sans danger.

– C'était pour te dire, maman, ça y est, il est parti.

Ma mère n'a pas répondu sur le coup. J'avais pris l'écouteur et je pouvais même l'entendre respirer.

– Comment ça parti ? Vraiment parti ? Tu pourrais répéter ? elle a encore demandé.

– Ben, il est parti oui.

– Ah bon, tiens, ma mère murmurait maintenant, sa voix était froide et rêveuse. Et on peut savoir où ?

– Non, tu ne comprends pas, il est parti, il nous a plaqués !

Je ne me rappelle pas bien ensuite. De l'entendre dire par ma sœur à l'oreille évasive de ma mère m'a foutu le bourdon, le sale premier vrai bourdon depuis qu'il avait franchi la porte. Que c'était calme dehors, dans la voie privée. Vu de l'autre côté on aurait pourtant tout eu pour faire famille heureuse à travers les carreaux. Et les peupliers, les peupliers sur le talus derrière, vers le parking à ciel ouvert, ils me faisaient peur tout à coup. Dans quel état se trouvait-il pour nous laisser tomber comme ça, sa femme et ses gosses ? Je ne pouvais pas le comprendre. Est-ce qu'on le faisait tant chier que ça ? Ou alors, il avait une maîtresse quelque part. On en avait parlé avec ma sœur avant. Elle avait haussé les épaules.

– Lui ? tu rêves. Et avec quel fric il l'entretiendrait ? Tu le sais ?

En tout cas, ma mère, ça lui a coupé la chique une bonne minute au téléphone.

– Bon. Bon. Depuis le temps qu'on en parlait. Il n'a même pas laissé un mot ? Une lettre ?

On a fouillé encore une fois partout dans le salon pour être sûrs que non. Mais bien sûr, on avait déjà regardé. J'ai fermé les yeux sur la voie privée. Elle devait chercher l'air par la fenêtre dans son bureau du quartier de l'Europe. J'ai pensé à la voyante de l'avenue de la Marne, si elle pouvait aider pour les filatures familiales ? Une fois, je l'avais vue rentrer dans son immeuble 1930, qui revenait de faire les courses, et je l'avais suivie sans qu'elle m'aperçoive jusqu'à son étage.

Ma mère s'y rendait en cachette de temps en temps. Je serais bien allé y faire un tour moi aussi, histoire de savoir quoi, pour l'avenir.

– Bon, fermez à clé, n'ouvrez à personne, surtout pas !

Magali a haussé les épaules.

— Écoute, il est parti, sans blague. Il ne va pas revenir exprès pour enfoncer la porte.

— Faites ce que je vous dis ! Passe-moi ton frère, tu veux bien ?

Elle avait retrouvé son ton de femme très affairée sauf que c'était plus ou moins chômage et galère partout dans les rangs.

— Alors, as-tu pensé à faire ce que je t'ai dit ?

Elle avait déjà un ton déçu, j'ai trouvé. Je n'ai pas pu me souvenir sur le coup, je devais sans doute penser à autre chose.

— Oui oui, j'ai ronchonné comme ça.
— Tu en as pris combien ?
— Ben 6, c'est lourd.

Je me rappelais juste que je devais aller chercher de l'eau au miniFranprix de la Sablière. Du coup je n'ai pas osé aborder la question du porté disparu.

— Et tes devoirs ? tu les as finis tes devoirs ?

J'ai regardé Magali car je sentais qu'elle allait peut-être se taper une crise sur mon dos. Ma sœur a repris le combiné, j'ai fait comme si elle me l'arrachait des mains alors qu'en fait, je devais avoir envie de le jeter contre le mur.

— Maman ? c'est moi... Dis, qu'est-ce qu'on fait pour papa ?

Ma mère a pris le temps de ne plus rien dire. J'ai saisi le combiné.

— Eh bien, je ne sais pas. Je verrai bien, elle a rajouté. J'accrochais mes yeux aux bouleaux de la voie privée.

Parfois elle rentrait dans un silence total et d'autres fois dans un silence de saison, ou de raison, ou sans. Là c'était un nouveau silence. La bakélite du téléphone sur la petite table basse du coin, dont les motifs rappelaient les plus moches poteries vendues au débotté dans les endroits à vacanciers de ces années-là. Les peupliers, les bouleaux, leur air tranquille sous le vent, les feuilles un peu soulevées, frissonnantes en blanc et gris. La froidure du ciel bleu, ma mère énervée quelque part. Lui et sa petite valise de merde. On n'avait pas d'autre choix que d'attendre, ma sœur et moi. Je me suis mis à attendre ce jour-là. Lui et d'autres gens, surtout lui au début. Toute ma vie j'ai beaucoup attendu du coup. Longtemps, mais d'abord, fissa chercher de l'eau. J'avais failli oublier.

Je suis allé au début de la Sablière, au Franprix. L'argent sur la petite table en formica. On devait rapporter le ticket. On y allait tous les deux avant, lui et moi, pour en prendre douze d'un coup. Avant même son départ elle avait déjà un souci avec l'argent, c'était assez terrible son souci à ma mère, elle pensait qu'on la volait. Alors, six bouteilles d'eau au Franprix, six fois trente centimes, égale un quatre-vingts, merci madame. Il n'y avait que peu de gens dans ce Franprix à la Sablière, à part le dimanche matin. Cette fois j'ai compté six vieillards, neuf pigeons, trois corbeaux, un ou deux clochards sur la place au bout, côté gare de Bécon, un hôtel pour les couples séparés, en instance de fission, de fusion, ou divorcés, ou fatigués, ou rien. Peu de voitures. Un car de CRS le long des voies, pas loin, pour protéger l'exil d'un ancien ministre libanais, ou albanais, ou quelqu'un dans ce goût-là.

On buvait de l'Évian et de la Contrex. La Badoit n'était pas pour les enfants ni même pour les grands sauf les filles. Chez nous il y avait un tas de règles dont l'idiotie apparente n'était pas tout à fait d'équerre avec l'idiotie réelle. Mais bon, à quoi bon se souvenir de ces choses-là, de vous à moi ? Lui, je l'avais déjà vu jeter des coups d'œil à l'hôtel. Il n'avait pas sa valise alors et il marchait rapidement mais il jetait un œil en passant. Il avait souvent louché aussi vers le Penta Hôtel de Courbevoie place Charasse. Acheter de l'eau. Le connaissant, ça m'aurait bien étonné de lui mais justement, je ne pouvais pas dire que je le connaissais. On avait déjà nos Sri-Lankais à Asnières pour les hôtels de second choix, à la fin des années soixante-dix. Il n'était pas là, en tout cas pas dans cet hôtel.

Je me souviendrai toute ma vie quand j'y suis entré. J'ai fait ma tête d'abruti pour demander si un monsieur du nom de X, portant une valise en carton à la Linda de Suza, le teint pâle, les cheveux clairs et blanchissant aux tempes, l'air passe-partout et va nulle part, l'imper boutonné en entier sauf le premier bouton du haut, n'était pas là. Il y avait une chance sur mille, évidemment. Il n'y avait pas la moindre chance sur mille, en fait, mais je ne m'en étais pas rendu compte. Deux jeunes types repeignaient le hall d'entrée. Ils avaient mis des bâches orange sur le comptoir, sur les trois tables du petit déjeuner et sur la grosse télé couleur éteinte. Il n'y a rien de plus triste, avenue de la Sablière, que votre père qui met les bouts et une grosse télé éteinte. Ils ont demandé que je le redécrive, si jamais ? Alors, j'ai recommencé en me rendant bien compte que je décrivais là quelqu'un qui n'existait pas. Ils se sont dit des choses en hindi ou quelque chose d'approchant et ils ont plaisanté, mais il n'y avait pas de méchanceté dans leur regard. J'ai fait demi-tour, dans la même avenue de la Sablière que précédemment, avec mes connes de bouteilles d'eau. Mon père avait disparu, il nous avait bel et bien quittés. Il avait dû nous laisser. Il nous avait seulement dit ça. Ma mère n'était pas si surprise, ils en avaient parlé souvent, la nuit. Il nous en avait menacés longtemps et il avait fini par le faire.

On allait boire de l'eau d'Évian, où est-ce que j'avais mis le ticket ? Je suis passé devant l'immeuble en brique La Prévoyance pour les vieilles personnes d'Asnières-Bécon et Courbevoie et aussi pour les jeunes gens logés par l'intermédiaire d'un soutien à la mairie ou à la maison de quartier. J'ai vu notre ami Luc, qui était un des bons à rien du Cercle près de la gare. Il était en train d'écouter les Moody Blues à fond la caisse dans son rez-de-chaussée, où il attendait les voisins de pied ferme quand ils venaient l'embêter. D'après Luc c'était la salubrité publique de faire un maximum de bruit dans cette putain d'avenue de la Sablière.

— Tiens, salut, ta sœur va bien ?

Il a ri sans un bruit.

— Mais qu'est-ce que tu fous avec cette flotte ? C'est un cadeau pour moi ?

Il était avachi les deux avant-bras sur le rebord de la fenêtre du rez-de-chaussée, il a baissé les Moody Blues.

— Ben, mon paternel s'est en allé.

— Il s'est barré ?

J'ai hoché la tête que oui.

— Tu sais pas où il est allé ?

J'ai fait signe à Luc que non.

— Ben tu verras, t'inquiète. Remarque, tu sais, on vit bien sans. Regarde-moi, j'en ai pas eu, mais je vis, je bosse, j'écoute de la musique, j'ai des copines, tranquille, tu vois !

Puis il m'a proposé une bière. De toute façon je n'allais pas rester en stand-by devant La Prévoyance où guettaient les habitants. Il m'a pris le pack de bouteilles d'Évian. Jamais compris pourquoi il ne fallait pas boire de l'eau du robinet dans cette famille. Je suis rentré par la fenêtre en faisant attention à la manche de ma veste. C'était une veste de mon père, une ancienne qu'il ne mettait plus. Tout à coup, elle était devenue incroyablement importante pour moi. Luc a hoché la tête plusieurs fois, comme s'il gardait en rythme les paroles des Moody Blues qu'il avait arrêtés exprès. On a bu une Kro. J'aurais pu acheter un pack de Kro à la place de l'Évian et je vous aurais raconté une histoire complètement différente sur hier, aujourd'hui et demain, quand je la continuerai.

Avec Luc on était copains bien sûr mais on n'avait rien à se dire. Il draguait ma sœur au Cercle, il était gentil avec moi, il voulait coucher avec elle. Il n'était pas très grand avec des cheveux gominés coiffés en arrière et deux gourmettes au même poignet. Ses lunettes en gouttes d'eau teintes en jaune. Enfin ça date, tout ça. J'ai fini la bière. J'en avais déjà bu une dizaine dans ma vie. La bière faisait partie des choses qui me plaisaient, avec Patrick Dewaere, les bouquins et ma vie plus tard. Plus tard sans même la vie me plaisait bien aussi. Plus tard faisait toujours rêver. Luc allait démarrer bientôt. Il avait terminé sa sieste dans son studio de rez-de-chaussée d'un immeuble de La Prévoyance puis, après un passage au Cercle, il rejoindrait son poste boulevard des Italiens à Paris. Il était veilleur de nuit en attendant mieux. Je ne suis pas non plus passé par la porte pour sortir. Luc a rigolé, il m'a tendu les bouteilles d'eau.
– Et ta sœur alors, elle va bien ?
– Magali ? Oui, ça va.
– Tu sais si elle va passer au Cercle ?
– Je ne sais pas, Luc. Je lui dirai que tu y vas.
– Tu reviens quand tu veux, tu sais où me trouver.

Il était encore sympa, Luc, à cette époque-là. Après gardien de nuit il a travaillé dans la sécurité. Il a fait aussi service d'ordre en rangs serrés. Un jour il a complètement arrêté d'écouter les Moody Blues au rez-de-chaussée de La Prévoyance. Il a cru qu'il devait faire justice lui-même, on ne lui avait rien demandé pourtant. Mais bon : plus tard tout ça.

– T'inquiète pour ton père, si c'est pas un salaud il reviendra !

Les gens vous disent de ces bêtises avenue de la Sablière, en 1976, avant aussi, après encore ça va de soi, enfin, dans ces eaux-là.

* * *

Luc les mains froides, Manu Garouste, Jérôme Canetti, Tony Desplanches, Matthieu Ménager, Marie Descoubes, Marion Cohen, Jérémie Langlois, Pascal Bechard, Nicolas Monage, Thierry Dunand, Estienne d'Orves, Éric diBona, Pascaline Huet, Jeanne Roguez, Sid-Ahmed El Mansour, Magali Meyers, Géraldine et Sophie Ronce, Catherine Jardinier, et tous les autres dont je ne cite pas le nom, et pardon à ceux que j'oublie, ils connaissent tous un peu cette histoire. Mais je n'en ai pas d'autre en somme. Elle tient en dix lignes ou alors en une vie. Parfois je voudrais lui imposer le silence, et de nouveau, quand elle revient, je ne peux que la raconter. Ma sœur était retournée dans sa chambre. En attendant l'acte deux elle avait refait son maquillage. J'ai posé les bouteilles sous la table en formica, à quoi allait bien ressembler notre vie maintenant ? Est-ce qu'il allait revenir ?

En tout cas il avait intérêt à nous tenir au courant. J'ai mis bien en évidence la monnaie sur le ticket, sur la table en formica, j'ai recompté comme allait sans doute faire ma mère. Elle ne pouvait pas s'en empêcher. Les rares fois où elle ne comptait pas, je lui avais demandé pourquoi ? Elle avait haussé les épaules : non non, je la compterai plus tard, ou bien, elle avait un sourire ironique : pour une fois que tu ne m'auras pas volé. Je ne serais pas comptable dans la vie, j'ai fait exprès de pas savoir compter. J'ai fermé la porte de la cuisine, on avait une petite cuisine.

Il nous avait dit dans une semaine, je vous donnerai de mes nouvelles, vous saurez où me joindre, ce n'est pas long. Je viendrai vous chercher. Je me souviens qu'entre chacune de ces phrases définitives on avait le temps de sentir notre souffle soulever deux ou trois fois sa poitrine. Il cherchait ses mots. Il cherchait l'air dans sa poitrine. Il avait encore toute une vie. Il nous la ferait partager de temps en temps. Il allait mettre au point un protocole avec ma mère. Je me souviens du mot « protocole ». Il travaillait dans une grande mutuelle à Paris dans le neuvième arrondissement : ils en avaient là-bas des protocoles si ça se trouve. Ce mot je l'ai aussi entendu, une trentaine d'années plus tard, toujours à son sujet, dans un hosto. Je n'aime aucun protocole. J'aime bien dire des phrases à la con peut-être, mais pas ces phrases protocolaires comme celles qu'il nous avait dites avant de partir ; non, jamais.

J'avais des questions à poser à Magali en attendant ma mère. Elle avait mis de l'encens à brûler dans sa chambre. On a fait comme d'habitude je me souviens. On a parlé de tout et de rien, de la vie après la mort, de la réincarnation, de Luc qui serait au café jusqu'à minuit moins le quart. Au fait, en quoi on se réincarnerait quand on serait morts ? Moi je voulais être une fille, une brune aux yeux bleus de préférence, mais je n'étais pas sûr que j'aurais des enfants. Magali avait plutôt envie d'être une panthère, un léopard, ou alors une créature céleste qui n'aurait rien à voir avec le genre humain, sinon elle vivrait dans un autre pays, l'Afrique ou l'Amérique, celle du Sud évidemment. Mais bon, elle a fini par me demander ce que j'en pensais de tout ça. Tu crois vraiment qu'il va revenir ? Il va nous inviter à manger la semaine prochaine. Il l'a dit. Tu crois ?

– On va bien voir, il peut pas nous laisser tomber.

Elle a hoché la tête. Parfois quand on avait de la peine ensemble, au même moment, on s'allongeait tous les deux sur son lit avec un polochon en épée Durandal entre les deux et on se laissait glisser dans le sommeil comme la lave sort du volcan.

– Il a seulement dit qu'il devait nous laisser pour le moment. Les mots ont un sens, a murmuré Magali. Les mots ont un sens caché. Elle était amoureuse entre autres de sa professeur de français à l'institution Sainte-Geneviève près de la gare d'Asnières. J'étais allongé près d'elle.

Le temps un peu couvert sur notre petite banlieue calme. Les cours vite faits bien faits. Le stade. L'encens qui nous monte à la tête. Le Cercle où j'osais à peine entrer, et pas seulement parce qu'il fallait avoir seize ans révolus pour rentrer. Les copains du haut, côté Bois-Colombes, ceux du bas, près des berges de la Seine. Ceux dont la vie était plus intéressante que la mienne, ce qui est souvent de naissance. Ceux pour qui elle l'était moins, ou presque moins. Fermer les yeux et dormir. Dormir et le lendemain, on n'aurait jamais connu cet homme parti quand il en avait eu sa claque comme pas permis. Il ne nous manquerait plus. Ou d'une autre façon, fermer les yeux et dormir. Le samedi matin c'est lui qui nous réveillerait avec un sourire en coin de cravate coincé dans la porte à l'entrée des bureaux de la mutuelle. Puis il nous dirait allez, venez, on va se balader, qu'est-ce qui passe au Tricycle à Asnières, est-ce que ça vous plairait d'y aller ? À un moment on a entendu le plic plac ploc des pas très réguliers et assez raides de ma mère.

– Dégrouille, va dans ta chambre ! m'a dit Magali.

– Ne t'inquiète pas j'y vais.

J'étais quand même pressé de savoir ce qui se passerait. On s'est retrouvés à la porte d'entrée, il était plus de huit heures. Avec le train de 19 h 37 elle arrivait à 44, donc c'était celui de 19 h 57 qu'elle avait pris. Elle avait sa tête des mauvais jours. Ses cheveux étaient complètement ramenés en arrière et ses yeux nous regardaient comme si elle ne nous voyait pas tout à fait. Parfois, ma mère, ça lui tombait dessus dès son arrivée, elle nous tendait une joue coupante, pourtant elle était douce sa joue. Elle portait le courrier dans une main. Elle aimait bien avoir du courrier dans la main. Quelquefois, elle soupçonnait qu'on nous ouvrait les lettres à la vapeur, « les binoches » faisaient ça.

– Tu sais qui l'a fait ?

Ma sœur, quand elle nous questionnait, elle levait les yeux au plafond, on avait trop chaud aux oreilles, moi je cherchais vraiment l'impossible réponse : ils avaient supprimé les concierges dans le groupe des ILM du long de la voie ferrée. Elle rangeait les lettres dans son sac. On la regardait faire sans parler.

– Vous pouvez me laisser arriver ?

Cette fois Magali a haussé les épaules et elle a fait mine de rentrer dans sa chambre au bout du couloir. Je suis resté bras ballants dans la petite entrée. On aurait quand même un peu plus de place sans lui. C'est pour ça que les gens se séparent aussi, dès les années soixante avec les cages à poules où ils ne peuvent pas vivre en entier.

– Tu vas dans ta chambre ?

Elle ne m'a même pas calculé. Parfois elle me regardait de travers mais la plupart du temps je n'étais pas l'objet de son regard, comme qui dirait.

– … Euh… j'ai ramené les bouteilles d'eau.

Elle était assez belle dans ses habits de bureau, elle ne manquait pas d'atouts dans la lutte pour la vie, ma maman. Sa belle bague bleue n'était pas un cadeau du père de ses enfants. Elle a levé les yeux vers moi. Elle avait toujours pensé en m'observant à un genre de défaut de naissance, je me cassais la tête à savoir quoi ? J'étais allé quelquefois chez une psychiatre pour qu'elle décèle si j'avais de graves anomalies, et après son départ, si j'avais des ressemblances, des choses secrètes, des vices plus ou moins cachés. La dame du centre conventionné des Quatre-Routes aimait bien sa batterie de tests Inc. et posait à toute vitesse plein de questions tout en cochant des cases. S'il m'arrivait de m'arrêter parce que j'en avais marre, elle relevait la tête avec lenteur comme dans un western spaghetti. Ensuite elle demandait avec un faux sourire : Ça y est, tu as rangé ton mouchoir ? Tu as retrouvé le fil ? On continue tu veux bien ? Ce n'est plus très long. On y va. Sourire.

Elle avait la tête d'une psychologue assermentée par le tribunal de police qui sonde le cœur fermé à l'usage commun d'un prédélinquant de droit chemin, qui partira aussi un jour, abandonnant sa femme, ses enfants ou sa mère sans l'ombre d'un regret. Je n'étais pas à cent pour cent entier, je crois bien.

– Ne reste pas planté là ! Va dans ta chambre !

Ma sœur a rigolé à voix basse derrière sa porte au bout du couloir. C'était nerveux.

Elle était en crise à cause de lui. Elle a rangé les lettres. Elle a vérifié le ticket de l'eau d'Évian. Elle a refait l'addition, elle était vraiment mal ce soir-là. J'ai fait comme elle a dit. Peu après Magali est arrivée pieds nus en marchant très vite comme si elle revenait d'une zone de no man's land où on peut aussi faire pipi.

– Tu n'aurais pas mon livre de Pearl Buck ?
– Non pourquoi ?

Elle a froncé les sourcils.

– Ah si, j'ai compris tout à coup. Viens qu'on le cherche, aide-moi.

Dans la cuisine, elle a levé les yeux au ciel. Je connaissais bien ma mère et ses habitudes du soir. Ce n'était pas tous les soirs mais souvent, c'était le soir quand ça lui arrivait. Le ciel était un peu éclairé au-dessus du stade de foot. Ça faisait des taches laiteuses sur la pelouse et parfois on voyait les traces de la respiration des joueurs de Bois-Colombes, de Saint-Ouen omnisports, d'Asnières club, et d'autres petits clubs très poétiques de l'espèce des amateurs. On a cherché Pearl Buck soi-disant. Pearl Buck était une écrivain millionnaire à qui je ressemblerais un jour, en garçon. Le plus proche de Pearl Buck en 1976 s'appelait Gilbert Cesbron, même s'il n'avait absolument rien à voir. Puisqu'on en est déjà à parler chiffon disons que l'écrivain le plus proche de moi quand notre père s'est fait la malle c'était Albertine Sarrazin, qui m'a prouvé noir sur blanc qu'il n'est pas tout à fait interdit d'aimer un homme, ni d'être aimé, mais je n'étais sûr de rien. On a fini par retrouver le Pearl Buck. Magali m'a fait des signes et des grimaces que je n'ai pas comprises sur le coup. On se comprenait bien la plupart du temps, en expressions codées.

En grimaces ça ne marchait pas à tous les coups, sauf à faire un concours comme quand on était gosses et qu'on avait encore un papa une maman.
– Ouh là là, elle est complètement secouée, a murmuré Magali.

On était en 1976. Par la fenêtre de la cuisine les joueurs s'enfonçaient dans la brume après un petit coup de sifflet et, de jour, on les voyait habillés en civil, les cheveux mi-longs, avec leur sac de sport. Lui, il n'avait jamais regardé beaucoup par la fenêtre mais parfois, avant, il descendait quand même certains soirs promener un chien imaginaire qui n'aboie pas. Je ne peux pas dire autrement. Ses mains dans les poches. Il marche le long des peupliers du stade et il applaudit, à une ou deux reprises chaque année, quand l'un des types mangés par le brouillard d'Asnières réussit sa reprise de volée ou un sérieux coup franc, un penalty. Un penalty, quand il rentre dans les cages, ne s'applaudit pas de la même manière qu'un but mené de pied gauche à pied droit au terme d'une action collective.
– Ce que tu peux être con avec ton ballon, me disait Magali. Tu crois que ça va t'aider dans la vie ?
J'ai dû insister pour qu'elle ne remette pas tout de suite les pieds dans le plat. Je me souviens encore de la peur qu'on a eue de faire une grosse bêtise en mettant la table. Il avait peut-être fait strapontin dans notre vie mais on s'était habitués à le placer en face d'elle côté est, moi au nord, ma mère dans la banlieue ouest et Magali plein sud, évidemment.

– Calmos, a murmuré ma sœur. On reste aux abris et on prend la température après le dîner, banco ?
– Super banco, j'ai répondu, histoire de répondre quelque chose.

On n'a pas réussi à lui décrocher un mot avant les petits-beurre confiture du dessert, des petits-suisses super bons du miniFranprix de la Sablière. On a quand même un peu remué sur nos chaises.
– Bon, maman, on va faire quoi ?
Elle a regardé ma sœur. Puis moi. Moi et puis Magali. Ensuite elle a regardé son assiette. L'assiette lui mettait la pression, l'air de rien. Pourtant elle était bien nettoyée. Elle s'est levée et nous a dit de l'attendre. Je reviens. Elle est allée chercher du dessert en plus à l'occasion du départ. Ses yeux noirs, sa bague bleue à son doigt très fin, la petite croix du Christ aux abonnés absents qui gigote dans le col du chemisier rembourré aux épaules. Mal partout. Mal nulle part. C'était de la Danette au café. Nos années sans père furent des années à Danette, crème dessert vanille ou bien café. Je ne peux pas dire qu'elles avaient bon goût (surtout la vanille), n'empêche qu'avant sa disparition on n'avait pas autant de dessert que ça.
– C'est pour moi, elle a dit en montrant la Danette. Ma mère nous sortait des vacheries comme ça de temps en temps, juste pour voir, comme ça.
– On peut pas en prendre ?
Elle n'a pas répondu à Magali. Elle a fini par lui tendre la cuillère avec un sourire bizarre. C'est

fou comme elle a dû lutter contre sa pente avec ma sœur, avec moi. Magali s'en est servi une grosse cuillère. On a mangé en silence. Elle disait des mots à la Danette café qui n'a pas eu l'air de lui prêter trop d'attention, mais quand même.

– ... Le salaud... Le salaud, il est parti, je le savais... je croyais que...

Elle n'est pas allée plus loin. J'essayais de ne pas trop faire de bruit en raclant mon assiette. Puis elle a regardé distraitement la Danette. D'habitude elle faisait une petite marque mentale pour vérifier qu'on n'en mangeait pas en cachette.

On a débarrassé la table. Il n'y avait même pas de match sur le stade de foot. Les arbres ? Étaient-ils encore là ? Oui, et les promeneurs de chien. Aussi. On avait eu un chat mais on n'aurait jamais de chien. Vu d'en face on aurait sans doute fait famille heureuse gens sans histoire pendant quelques années si papa n'avait pas pris son courage à deux mains, ou s'il avait été beaucoup plus lâche, s'il n'avait pas tout arrêté à la fois. Femmes, amants, maîtresses, enfants : toutes ces histoires, avec le temps, prennent souvent un petit côté désuet, comme un train où le conducteur laisserait monter les gens en retard dans une gare de banlieue. On pense tout de suite à des rencontres, des aventures sans douleur, des amitiés qui durent longtemps. On a bien nettoyé la table. J'ai passé le ramasse-miettes dans le silence et elle m'a observé avec un air fâché. Elle avait sa trachéite du soir. La trachéite empirait quand elle était énervée.

– Donne-moi ça.

Elle le regardait comme ça lui aussi ma maman avant son départ. Elle a repassé le ramasse-miettes. Ensuite elle s'est assise dans le petit fauteuil pour les invités qui ne venaient jamais ou pour lui, avant sa valise à la con. Elle lisait un livre, elle lisait son courrier, elle lisait dans ses propres pensées. On était coincés ce soir-là.

– Demain, je vais faire changer les serrures.

Magali a hoché la tête. On a essayé de ne pas se croiser pour ne pas se mettre à rire mais on n'a pas réussi. C'était nerveux. On n'aura jamais réussi à se retenir de rire elle et moi.

– Pourquoi vous riez ? Allez dans vos chambres, allez vous coucher.

– C'est le stress, m'man, c'est pas toi, c'est nerveux.

Ma mère portait les cheveux court à cette époque. Une grande mèche lui couvrait un œil, elle sentait toujours Chanel. Ses yeux restaient froids par-derrière cette mèche, elle ne me regardait presque pas. Quand elle se baissait vers Magali, elle retenait toujours ses cheveux derrière l'oreille pour lui dire bonne nuit avec sa voix douce. Elle me tendait la joue et ça me donnait parfois l'impression d'être un type à la signature, vu qu'elle était secrétaire comptable. Lui, dès ce premier soir, il avait déjà un peu disparu. Il avait tourné au bout de la voie privée et à le connaître, ou plutôt, à ne pas le connaître, on n'aurait pu savoir s'il partait vraiment quelque part ou s'il allait seulement faire un tour. Je me suis couché pour rêver en super-huit des endroits où je n'étais pas encore allé, ni avec lui, ni avec elle. Je n'en avais pas spécialement marre, du disparu.

Son odeur a tenu une semaine ou deux, surtout celle de l'after-shave. À table on mettait des serviettes en papier ou bien du Sopalin, après son départ on n'en a plus mis. Pourquoi, je ne sais pas. On n'a pas vraiment eu de mal à faire le deuil de sa présence aux repas, même pour les repas du dimanche. Mais cette première nuit, je me suis réveillé entre deux rêves. Je l'ai entendue parler au téléphone de choses et d'autres, de Magali et moi, et puis, le montant de la pension, comment le calculer ? Je me suis complètement réveillé, il n'était parti que du matin après tout. Magali aussi était réveillée, assise sur le rebord de la baignoire sabot.

– Qu'est-ce que tu fais ? Tu dors pas ?

Elle a haussé les épaules. Elle pleurait un peu mais c'était comme des larmes pour récupérer d'un chagrin, et pas le vrai chagrin qui arrive toujours en retard, quand c'est devenu impossible de réparer.

– Elle va faire mettre une nouvelle serrure, t'as vu ?

– Ben oui, mais c'est pas grave, on aura toujours les clés.

– Tu comprends pas ou t'es bouché ?

Ma mère a dû tousser. Elle venait de raccrocher.
– Faut qu'on se couche.
– Oui, bonne nuit.
Elle a fouillé partout une partie de la nuit, elle a mis des choses en ordre, des papiers dans des cartons, et puis aussi les jours suivants. Le week-end après son départ on était allés au Cercle, ensuite j'étais passé par la bibliothèque près de la mairie pour saluer mademoiselle Albertine Sarrazin qui s'y connaissait bien en serrures et en amours contrariées. Je me souviens de Luc au bar, un pied sur la barre en cuivre, en blouson et santiags, il était ivre, on devait être un samedi soir. N'empêche, on ne serait jamais arrivés en 1980 sans Luc dans les cafés d'Asnières pour faire avancer le temps, enterrer le passé. Personne n'aura oublié Luc, sauf ceux qui l'ont bien connu mais ont tracé un trait. Avant Luc, il y avait Philippe le Belge comme pilier de comptoir dont les gens parlent encore. Magali et moi nous étions trop récents pour l'avoir fréquenté.

Ce n'était pas très tranquille le dimanche. Ma mère avait ses crises de panique froide dans la cuisine, matches de football ou pas. Quelquefois elle me dévisageait d'un drôle d'air, elle trouvait que j'étais comme lui, il n'avait pas donné signe de vie la semaine suivante. Il allait peut-être remettre les compteurs à zéro avec un bouquet de fleurs ? Une invitation au restaurant ? Une lettre écrite avec son sang ? En fait, non. Ma sœur et moi, on attendait qu'il se passe quelque chose. On l'attendait. Elle me regardait encore plus de travers quand elle pensait à lui que quand elle l'oubliait et que j'étais devenu l'Immaculée Conception. Comme quoi il avait l'air bel et bien parti ce coup-ci. Il avait déjà fait des répétitions, je ne m'en souvenais plus.

En revenant de cours par l'avenue de la Marne, je guettais encore parfois les signes de son retour. Par exemple, trois Peugeot blanches entre deux feux rouges. Un nombre impair de pas jusqu'au passage clouté. Un nombre impair de personnes au coin de l'avenue de la Marne, au virage. Un chien (que je voyais souvent) seul à fureter sous le tunnel des trains, trottoir de droite (non, de gauche). Souvent, ce chien m'attendait comme une vieille connaissance. Il devait chercher quelqu'un lui aussi, mais qui ? J'ai eu beau tricher tout ce que je pouvais, je n'ai pas réussi à le faire revenir. Il avait peut-être oublié. Qu'avait-il bien pu oublier ? Ma mère s'est vite calmée : on était déjà tous sur le départ en un sens. Elle en a parlé à deux ou trois reprises avec un type, un oncle lui proposait d'aller lui casser la gueule pour le faire revenir. Ai-je inventé son sourire au plafond quand elle a imaginé la scène ? Elle le voulait parti pour toujours, en vrai. En tout cas, cet oncle est venu plusieurs fois les semaines d'après. Au début on avait de la Danette presque tous les soirs. Ma sœur sortait du lycée près de la gare et bien souvent, quand j'arrivais, je la voyais au Cercle en face du tunnel sous les voies. Son regard croise le mien sans faire exprès, elle a l'air de savoir déjà que je suis là. Elle boit un café, elle boit un Coca, elle le partage avec une copine car ça coûte cher. Je ne sais plus à quelle occasion me vient l'expression mon pauvre père, comme aurait dit mon pauvre père, comme aurait fait mon pauvre père, je ne me rends pas compte qu'il est déjà bel et bien enterré quand je pense à lui comme ça. Un jour, il nous a appelés au téléphone, il nous a dit je pense à vous, il ne nous abandonnera pas, mais que sa voix est lente à tenter d'être enjouée ! Ma mère décide de rentrer dans un nouvel âge de nos vies.

* * *

Il s'appelle Antonio. Il est peintre en bâtiment, il fait partie des ouvriers que notre oncle connaît, celui que ma mère voit à Paris de temps en temps. Il est déjà venu pour faire les peintures dans la cuisine. Les mots, dorénavant, sont classés selon cette date : avant ou après son départ ? Conjugal pourrait être effacé du dictionnaire, il date d'après. Avant, ni ma mère ni lui n'avaient la moindre idée que leur mariage précipité (ils avaient à peine vingt ans tous les deux) avait quelque chose à voir avec un désir conjugal. N'importe quoi, ce mot-là. Antonio a les cheveux très noirs, une petite boucle d'oreille. Magali dit, c'est un diamant. Sa peau est mate, je le trouve beau. Il va repeindre vos chambres, il va repeindre la cuisine, on va tout repeindre ! dit ma mère. Ça fait partie des choses qu'elle a décidées puisqu'il ne reviendra pas. On lui demande quelquefois : pourquoi vous vous parlez pas une bonne fois pour toutes, tous les deux ? Elle nous répond : vous ne le connaissez pas, ce ne sont pas vos affaires, ou parfois, elle a le regard comme celui des premiers jours, à faire disparaître en fumée une Danette entière. Et dans ces cas-là, à défaut de parler d'autre chose, on ne parle de rien. On répond oui ça va à tout. On attend le prochain chapitre, le prochain soir, on attend. Quand j'ai fait quelque chose qui lui déplaît, ça arrive bien plus souvent que je ne l'imagine, elle répond : oh là là, tu me fais bien penser à lui. Alors, j'essaie de ne pas ressembler. Les pères, c'est surtout dans la tête qu'ils sont. Souvent on a une double peine avec eux, une double vie sans le vouloir.

– Je peux pas me refaire faire le nez, t'as qu'à lui répondre ça ! Tu t'en fous ! Magali hausse les épaules.

En tout cas Antonio est très beau. Il va rester là un mois, pas tous les jours évidemment.

Pour le retrouver à la maison j'en oubliais de faire un grand détour en rentrant d'Albert-Camus, exprès pour le voir et peut-être bavarder. Sa manière de siffler sur l'escabeau, en vrai. Les muscles de ses bras, et puis son sourire lorsqu'il s'aperçoit qu'on est là, ses dents blanches. Ma sœur aussi. Ces quelques semaines Antonio travaille sur plusieurs chantiers d'appartement selon ce qu'on lui demande et en plus, il faut laisser sécher entre les couches. On vit dans les cartons. Elle voudrait aussi changer la moquette, une couleur assortie à la couverture du lit, malgré le prix. On a un grand magasin de meubles à Asnières près de la gare ; avant même la pose de la moquette Magali est tombée amoureuse d'Antonio. Maintenant je sais ce que ça fait d'avoir le cœur qui bat dans les escaliers.

– T'es pas pédé au moins ? Magali me demande.
Je ne sais pas lui répondre.
– Je crois pas, non.
Il a un accent très fort de concierge portugais.
– Et ton père, il est parti ?
– Ben oui.
On prend une mine de circonstance genre sans fleurs ni couronnes. Ma sœur garde quand même un petit sourire en coin, elle plisse ses lèvres qu'elle apprend à faire bouder dans la glace de la salle de bains. Ma mère appelle de son bureau pour avoir des nouvelles, il devine que c'est elle qui appelle puisqu'il regarde en souriant vers le téléphone.

– Comment ça avance, c'est joli ?
– Oui, c'est super !
Ces semaines de travaux on n'a jamais autant parlé au téléphone elle et moi. Le soir, elle s'inquiète de savoir si ça sent, à cause des voisins indiscrets. Elle nous demande d'aérer. La porte-fenêtre reste ouverte sur la voie privée. Les bouleaux, et Antonio dans la chambre dont il est parti il y a plus d'un mois.

– Je peux téléphoner à mon patron ?
– Oui, bien sûr, vas-y.

J'aime trop quand Antonio me sourit. Je serai pédé d'Antonio, c'est décidé une fois pour toutes. J'aurai des vrais chagrins d'amour et on recommencera tout du début, quand la vie avait un sens et que mon cher papa ne s'était pas barré quelque part sans laisser d'adresse en poste restante. Il parle en portugais avec son chef. Il me demande si je connais tel ou tel endroit. Il ne connaît pas bien la banlieue. Il a une camionnette blanche.

– On a de la bière, si tu veux.

Une fois, j'en ai bu une avec lui juste pour le faire réagir. Il se tourne vers moi.

– Ta sœur est pas là ?

Il est en train de poser des plinthes dans la salle à manger. Ma mère est tellement contente de sa chambre qu'elle a décidé qu'il fallait aussi changer la moquette du salon.

– Non, elle est encore au lycée.
– Sinon, comment ça va ?

Je ne sais pas quoi lui répondre. À l'origine j'espérais seulement qu'il me demande une bière et qu'on en boive une tous les deux, ou quelque chose comme ça. Il aurait pu aussi décider de me toucher, s'il avait voulu. J'ai envie de son sourire rien que pour moi.

– Tu n'as pas plutôt de l'eau ?

Est-ce qu'on se demande encore quand il va revenir à ce moment-là ? Quand elle est là, ma mère regarde le téléphone comme s'il avait changé de couleur, en cas d'appel inattendu. Mais non, il s'agit d'une erreur, ce n'est rien. Elle ne veut plus qu'on lui parle de lui. Pourtant on a besoin d'entendre : il a dû nous laisser, il ne tiendrait qu'à nous de retourner le voir, si on voulait, dans les grands bureaux tristes de la mutuelle où il s'emmerde depuis qu'il a vingt ans. Ça fait bien trop longtemps déjà.

– Bonjour ! Magali me fait la bise en le regardant. Tu vas bien Antonio ? Tu veux boire quelque chose ?

Il lâche son grand sourire en descendant de l'escabeau. Oui il boirait bien une bière. Je me rends compte qu'elle a couru pour revenir du lycée. Elle a mis du rouge à lèvres exprès pour lui donner envie, en bas, aux boîtes à lettres. Maudits soient les hétéros !

– Maman a appelé ?
– Oui, comme d'hab. Elle rentrera tard elle a du boulot.

Antonio et elle me sourient. Je leur souris à mon tour.

– Ben. Je vais faire un tour.
– Oui, voilà, bonne idée. OK.

Je veux retrouver mon père. Je veux le retrouver pour qu'il aille péter la gueule d'Antonio, qui est un de ces types qui ne veulent pas. Je me balade dans les rues et je me mets à compter : trois Peugeot blanches, vingt-huit pas jusqu'au croisement de la mairie, le tunnel sans le chien ou le tunnel avec, les martingales de mon espoir sont de plus en plus compliquées. Parfois je me demande pourquoi il est vraiment parti. Je ne trouve pas les martingales du pourquoi. Je me souviens qu'il n'est plus là. Il faut que je fasse quelque chose.

* * *

D'un iceberg dont on n'a vraiment rien à dire des gros bouts de glace tombent et se noient. Ce sont mes souvenirs. Je l'ai tellement attendu. Deux semaines plus tard ou par là, je rentre à la maison plus tard que d'habitude, j'ai pris mon courage à deux mains et je suis allé directement à la gare Saint-Lazare en sortant d'Albert-Camus. C'était de l'autre côté du quartier de l'Europe, en descendant la rue d'Amsterdam, pas loin des grands magasins. Je suis resté sur un coin de trottoir à l'heure de la sortie des bureaux. Il avait travaillé des années dans ce grand immeuble où on ne sait jamais s'il est important qu'on soit là ou pas. Je voyais tous les gens sortir, beaucoup de gens, il faisait presque nuit. J'aime bien regarder les gens. Ils allument des cigarettes de 1976, ils attendent le feu rouge ou le vert. Parfois ils traînent, mais la plupart du temps, ils marchent vite pour retourner chez eux, à nous la liberté. La liberté ? Aujourd'hui je l'attends. Je crois qu'en fait, si je suis allé là-bas, c'est moins à cause de lui que de mon chagrin d'amour portugais, ma sœur sur le divan rouge, je l'ai vue, ses cheveux étaient défaits, ses pommettes cramoisies. Lui, quand je les ai surpris sans faire exprès il s'est retourné vers moi avec une tête d'employé qui a peur de perdre son boulot. Je suis resté longtemps sur ce trottoir. J'étais à cinquante mètres en face de l'entrée des bureaux et, tout près, j'ai vu des prostituées sous une porte cochère, le genre que des copains vont mater pour savoir ce que sera leur vie après. Les gens qui sortent. Mon pauvre père avec une serviette sous le bras, non c'est pas vrai ! Mais ce n'était pas lui. Ce n'était jamais lui. En un sens c'était tout à fait lui, son regard rapide par terre sur l'eau du caniveau, son pas mal ajusté, semblable à des milliers d'autres pas. Mais non, c'était seulement un autre type comme lui.

J'ai dû rester une heure à regarder les autres gens avant de rentrer chez moi. Puis par le train, je suis retourné là d'où il était parti. Mais les autres, les comme lui, pourquoi ne partent-ils pas tous ? Pourquoi ? Je n'aime pas ce pourquoi qui me rentre dans la tête sans crier gare toutes ces années. J'ai vu Magali embrasser mon peintre en bâtiment. J'ai vu deux boutons de sa salopette blanche de peintre ouverts sur le côté. Elle se rajuste, il a pris le temps de se laver les mains, il va bientôt ressortir de nos vies. Son jean lui moule le cul et il remet son blouson bleu, orange à l'intérieur, je me souviens de ses écussons, il a dû l'acheter aux puces de Clignancourt, chez un soldeur tout près de la porte. Il a remis sa chaîne en or qu'il enlève pour les travaux. Il repassera la semaine prochaine. Encore un qui s'en va. Il nous souhaite bonne semaine, il lui sourit. Magali me fait jurer de ne pas lui répéter, tu me promets hein ? Puis, je crois que je pleure dans ses bras, j'ai passé une bonne heure à faire semblant d'avoir rendez-vous avec lui vers sept heures. On serait rentrés ensemble à la maison, tout aurait fini bien comme ça.

Ma mère était très contente des travaux. Il avait fait un bon travail Antonio. Pour payer tout ça elle avait obtenu un crédit au CIC. Ils lui avaient donné une pochette en cuir pour ranger son chéquier, le chéquier avait l'air plus riche que nous dans l'ILM d'Asnières. Ma sœur et moi on l'écoutait : dorénavant, il y aurait de nouvelles règles à la maison. Par exemple on ne devait plus rentrer dans sa chambre et qu'on arrête de l'appeler la chambre des parents ; c'était sa chambre à elle et voilà tout. Elle n'allait pas fermer à clé car elle avait décidé de nous faire confiance, mais surtout toi, elle m'a regardé, et aujourd'hui encore je ne peux toujours pas me soustraire à ce regard, si longtemps après. Ne rentre jamais dans ma chambre. En tout cas, elle gardait la clé au besoin. Magali a haussé les épaules :

— Arrête, maman, on a compris.

Ma mère s'est tue un bref moment, puis elle a expliqué ce qui allait changer. Elle avait beaucoup réfléchi. Elle en avait marre de la répartition des tâches, elle en avait longtemps parlé avec quelqu'un et elle avait fini par comprendre : elle devait arrêter de se sacrifier. Moi d'abord ! Moi d'abord ! Moi ! Depuis quelque temps elle avait cette façon de nous le dire à tout bout de champ qui nous laissait interdits. Donc, chacun dans sa chambre, sauf aux heures des repas. Et puis, on pouvait toujours se laisser des Post-it quand elle rentrerait tard à la maison. Je pense à ma mère aujourd'hui, je me dis qu'elle n'avait pas quarante ans, une vie nouvelle reste possible, même souhaitable, à quarante ans. Une fois, je lui ai demandé si elle croyait que c'était à cause d'une autre femme qu'il était parti ? Elle a haussé les épaules. Puis elle a eu un trou dans l'espace-temps à son tour ; si au moins ça se pouvait, lui, ton père ? Sur le mot père, elle a eu comme une décharge, un truc bizarre en tout cas. Elle m'a dit de rentrer dans ma chambre.

***

Je vais devoir vous laisser. On était presque en hiver la première fois qu'on l'a revu pour de bon. Elle avait l'air de s'y attendre, ça faisait déjà longtemps qu'on était organisés pour vivre sans lui.
– Eh bien, vous y allez, ça fait quand même bizarre, elle nous a dit avant qu'on parte. Je suppose que c'est normal. Vous vous ferez bien un avis. Vous verrez, allez, partez, vous allez être en retard.

Magali l'a embrassée. On était dans une période comme ça, à s'embrasser. On devait le retrouver chez ses parents. On avait peu vu ses parents dans notre vie. De notre banlieue à nous vers la leur il fallait vraiment avoir envie de se déplacer. Je me souviens du grand café La Ville d'Aulnay, près de la gare du Nord, c'est de là aussi que je partais au collège pour une semaine quand j'avais douze ans. La Ville d'Aulnay, pour moi, c'était une sorte de destination magique et inconnue du grand public complètement crétinisé en sa masse laborieuse. Une fois, je me souviens que je suis descendu aux toilettes de La Ville d'Aulnay parce que j'avais loupé mon train, que j'avais douze ans et que je ne voulais plus aller à l'école. Mon cœur battait tellement fort à douze ans ! Cette fois-là c'était pareil. On a dû se sourire de temps en temps dans le train. Ensuite on a dû prendre le métro. Si on avait été à la maison avec Antonio on aurait pu s'aimer tous ensemble pour ne pas se laisser abattre par le chagrin de ce temps-là. Mais rien à faire ! Depuis qu'il était parti, tout restait désespérément propre et vide à la maison. Un homme, on a beau dire, même peu présent ça vous prend de la place, et puis, enfin bref. Ma sœur et moi, on se regardait parfois en évitant de rire de ce qui nous faisait rire avant, il n'y avait que quelques mois.

On est descendus gare du Nord, on a pris un autre train. On n'a pas échangé un mot avant d'être arrivés. On ne s'est pas trompés de chemin. J'hésite entre Épinay ou Gonesse, ou peut-être Goussainville, je ne me rappelle pas bien. Il aura eu tellement d'adresses temporaires depuis 1976 sur des petits papiers, mon cher papa. J'aime bien dire mon cher papa, c'est comme si j'avais eu le droit d'embrasser

Antonio tous les jours de ma vie ; enfin : tous les jours de la vie. On était un peu perdus dans le plan à la gare. Ma sœur s'était mise sur son trente et un, toute maquillée. Moi j'avais ma gourmette en argent et un nouveau pantalon noir en velours. On allait le rencontrer chez nos grands-parents paternels. On les avait déjà rencontrés deux ou trois fois. Il serait là en vrai ce coup-ci. Il parlait d'une voix lente au téléphone je me souviens. Entre le moment où on avait décroché le combiné et ses premières paroles, on avait passé une petite minute à l'écouter ne rien dire, comme s'il avait dû reprendre son souffle avant de nous parler.

– C'est celle-ci ? tu crois ?
– Oui. C'est là.

Il était occupé avec un sécateur à couper la haie des thuyas. Du coup il était vraiment grand. C'étaient de hauts thuyas qui faisaient le tour du grillage vert sombre du pavillon.

– Mes enfants, vous avez changé, vous avez grandi.

On lui a fait un sourire bête. Sa mère, Mimie, qui se tordait les mains et tenait l'escabeau. Il était bien pratique pour ce genre de choses. Il a posé ses gants en plastique au sommet et pendant ce temps, grand-mère nous a fait des baisers baveux sur les joues.

– Je ne les aurais pas reconnus ! Elle a dit à son fils.
– Bonjour Mimie, ça va ?

On l'appelait vraiment Mimie, comme dans Mimie Pinson, personne ne sait plus qui elle est. Peu importe. Il avait sa voix de téléphone, lente au démarrage.

– Laissez-moi vous regarder, mes chers enfants. Vous êtes beaux !

Il a dit exactement ça, mes chers enfants, au beau milieu du gravier d'un jardin ouvrier entouré de thuyas coupés au cordeau devant un pavillon de banlieue. Changement à Enghien ? Je ne suis plus très sûr du changement à Enghien. Je mélange tellement de gares, de trains, d'amours rêvées et d'amours déçues. À force de se souvenir, on ne sait vraiment plus rien.

De cette année je me rappelle d'abord le sourire d'Antonio, son corps qui me donnait envie, la tête un peu inquiétante de ma mère penchée sur les talons des chèques du CIC. Je me rappelle aussi mon père qu'on n'avait pas vu depuis plusieurs mois, je le vois descendre exprès d'un escabeau où il taillait la haie pour nous embrasser.

– Laissez-moi vous voir, il a encore répété. Ce que vous avez changé.

Lui non, il n'avait pas changé du tout. Ses cheveux coiffés d'un côté, ses yeux pâles. Il avait vraiment des yeux pâles et un peu globuleux. Il nous a tenus par les épaules. Magali en avait besoin depuis plusieurs mois maintenant, et moi aussi. On est allés voir son père à lui. Pour une raison médicale un peu tenue secrète son père était déjà un vieillard vieux de chez vieux qui supportait la vie assis dans un fauteuil, depuis sa mise en préretraite. Un fauteuil roulant plié à côté du mur s'il voulait aller dehors. Il avait touché des indemnités liées à ses poumons gâtés par la peinture industrielle. Si mon père grattait du papier dans une mutuelle, finalement, ce n'était pas sans rapport. On n'a rien eu à se dire de plus sur le coup : oui, c'est sûr, on avait grandi. Oui, on allait bien. Oui notre mère, eh oui le temps qui passe.

– On s'embrasse, non ?

Magali lui a tendu la joue, à un moment j'ai cru qu'elle allait sortir un mouchoir mais non. Il faisait très peur notre papy. On a laissé le vieux, il a hoché la tête vers nous, lui il n'en avait rien à cirer, il avait au moins le courage de ne pas faire semblant. Mimie était contente de nous voir. Dehors, notre père a regardé la haie, les thuyas aussi étaient grands. Ça devait faire au moins six mois qu'il ne nous avait pas donné signe de vie.

– J'ai acheté du Coca, vous en voulez ? Venez avec moi ! Mimie nous a servi à boire, ensuite elle est vite retournée à ses fourneaux.

Côté maternel notre grand-mère Anna disait qu'elle « retournait à ses bassines ». Elle allait « se réfugier dans ses bassines » quand elle se sentait mal à l'aise. Le plateau en marbre sur la commode de sa chambre. Les rideaux. Le gris du mur aveugle de l'immeuble d'à côté, d'où les gens étaient expulsables, d'où ils ne voulaient pas bouger. La fenêtre entrouverte au loquet, le plein jour n'entrait jamais dans la chambre. Ma mère parlait de « vaquer à ses occupations », ça voulait souvent dire des trucs avec les talons du CIC. Il était là chez lui, en vérité. Il avait dormi chez Patineau son copain. Puis, à droite à gauche. Il n'avait pas trouvé de location. Il avait aménagé la cave, un divan, des livres et sur un petit bureau tout simple, des piles de papiers. Il nous souriait de temps en temps. Ce n'était plus le même sourire qu'avant son départ.

– Je ne peux pas vous dire ce que ça me fait de vous revoir.

On était assis au bord du vieux divan. Le nouveau se trouvait dans le salon au rez-de-chaussée, on avait envie de se serrer l'un contre l'autre, Magali se mordait les lèvres. Elle mettait du Dermophil Indien quand ça gerçait. Moi j'avais du mal à déglutir. On se regardait comme deux enfants intimidés d'être là, l'un contre l'autre. Lui il cherchait ses mots sans les trouver. On attendait en buvant du Coca. À un moment dans l'escalier Mimie a dit qu'on pouvait monter, les enfants, c'est prêt ! Mimie elle était à peu près aussi large que haute, on se demande bien à quoi ça sert des souvenirs comme ça ? Il était content de manger avec nous. Pendant le repas, il s'est un peu échauffé. À la fin de la bouteille de Coca j'avais presque l'impression de ne plus le connaître. Magali essayait de lire sur ses lèvres. Était-ce pour ne pas s'endormir ou se réveiller ? Il avait des projets. Il en avait du temps à rattraper avec nous. Six mois qu'on ne s'était vus ! Une vie entière depuis notre naissance. Il pensait à des vacances au loin, ou alors à Menton ? Se souvenait-on des vacances à Menton ? On avait passé des vacances à Menton plusieurs années d'affilée, le train de nuit direction San Remo, la plage et ses deux pontons, la location dans la vieille ville, les bateaux. Le Pian, les chaussures et les glaces italiennes. Il fumait entre les plats. Oui, il s'était remis à fumer depuis son départ d'Asnières. Il nous a proposé une cigarette alors on a fumé aussi. Magali les clopes ça la faisait tousser, mais pas moi.

Il avait du mal à vivre, en vrai. Il ne savait pas comment nous expliquer.

– Votre mère est une femme bien, vous savez.

Ma sœur a haussé les épaules.

– Oui on sait. Pourquoi tu nous dis ça ?

Il n'était pas très clair, il n'a pas su nous l'expliquer. Du coup Mimie en a eu marre et elle est retournée dans sa cuisine.

– Vous me direz quand vous voulez boire le café ?

– Oui maman.

Les pères ressemblent aux fils en disant maman toujours, dans leur vie. Ses yeux étaient très clairs, ils n'avaient rien à voir avec les yeux d'Antonio par exemple, ni avec les miens. La clarté de ses yeux m'a surpris, car je l'avais sans doute un peu oubliée. Alors voilà. Il avait démissionné en fait, il avait quitté son travail. Il avait même écourté son préavis. Il avait tourné cette page-là. On avait essayé de faire ami ami avec notre grand-mère Mimie dans la cuisine, mais elle n'était pas genre grand-mère gâteau. Elle nous a dit profitez bien de votre père, pour une fois qu'il est là !

Elle a fermé la porte de la cuisine derrière nous, à cause des odeurs que son mari supportait mal. On a bu le café en bas. On était de nouveau ensemble sur le vieux divan. Le cendrier Suze gentiane était plein. On était à mi-chemin d'avoir un père à temps presque partiel ou d'avoir en face de nous un parfait étranger. Il a dû remonter à un moment. On était seuls dans la cave, Magali et moi. Elle s'est tournée vers moi, on a écouté en haut. Les bruits, Mimie qui farfouillait et son mari les poumons en cendre derrière les volets mi-clos de sa chambre.

– On va y aller, m'a murmuré Magali. T'es d'accord ? Je peux pas supporter l'ambiance.

J'ai fait signe que oui. Pourtant quand il est redescendu on a continué d'essayer, lui et nous.

– Et votre mère, comment va-t-elle ?

Il voulait vraiment savoir.

– Pourquoi tu lui demandes pas ?

Il a hoché la tête, il a eu un regard presque comme elle dans une faille de l'espace-temps, il a allumé une autre cigarette.

– Bon, papa, on y va.

– Oui, bien sûr, il est déjà cinq heures, tiens, attendez ! Il nous avait préparé une enveloppe. Dites-lui pour la pension. Je fais ce que je peux, ça devrait bientôt s'arranger. Qu'elle ne s'inquiète pas je suis là.

Il n'y avait plus de crachin mais on avait trop froid, loin de chez nous, c'était pas ici notre vie. Le dernier qui sort ferme la lumière. Il a dû recommencer à tailler les thuyas si ça se trouve après notre départ. On a fait la bise à Mimie dans la cuisine. Le vieux n'a pas fait le moindre geste dans un sens ou dans l'autre, la tête vers les volets fermés de la pièce du bas. Pavillons de banlieue. Ici on a connu le bonheur, n'empêche qu'ici, le bonheur a disparu. Mimie s'était assise sur une chaise et devait encore attendre qu'il se passe quelque chose.

– Vous pouvez revenir quand vous voulez pour le voir. Je vous ferai à manger ?

– Oui, merci Mimie.

On est allés lui faire la bise à lui. Il nous a suivis des yeux depuis la porte de la cave et il a regardé longtemps les escaliers, sa tête s'encadrait dans le verre dépoli du milieu. On peut ouvrir une petite trappe et de l'air frais arrive, monte ou descend les escaliers. Après on ferme.

– Bon, ben salut, Magali avait les yeux tout rouges et moi aussi.

– Oui, au revoir, les enfants, dites-lui, non… À bientôt.

– On verra si c'est vrai. Allez tu viens ? on s'en va.

Dans la rue vers la gare Magali marchait super vite en faisant claquer ses talons, comme si on avait été ensorcelés et qu'il fallait rompre le charme. Il nous suivait des yeux, une main sur la poignée de la porte. Mon pauvre père mon cher papa ; je devais ressentir les deux en même temps, à ce moment-là.

– Je vous accompagne à la gare ? Vous saurez retrouver le chemin ?

– Non papa, c'est pas la peine. On retrouvera.

Magali avait mis l'enveloppe dans son joli sac à main. On avait la religion des sacs à main du côté de ma mère. On peut parler chiffons en attendant à la gare ? Je ne sais toujours plus laquelle c'était. À un moment après ses larmes on a eu un fou rire à cause de la conjonction de ces choses : on s'est assis sur un banc du quai pour trois plombes mais en fait, on n'a pas attendu le train longtemps.

– Tu penses à quoi ?

– J'en sais rien. À rien.

On a regardé dans l'enveloppe de son sac à main. Il y avait le chèque du mois sur lequel ils s'étaient mis d'accord, une lettre aussi. Magali l'a lue, ma tête par-dessus son épaule sauf que bien sûr, le train est arrivé. Alors bon. On était de nouveau tout en larmes ou pas loin jusqu'au café La Ville d'Aulnay. C'est à droite de la gare du Nord quand on la regarde de face. De le voir tout paumé comme ça à nous dire des conneries. D'avoir arrêté de faire semblant chez nous à Asnières, et dans le grand bureau des mutuelles. Il allait finir clodo ou bien quoi ? C'était tout ce qu'il y a de plus urbain comme café La Ville d'Aulnay.

On ne voulait pas rentrer tout de suite. On s'est mis en vitrine Magali et moi. Des types nous regardaient, elle surtout. Ils étaient un peu comme les types du Cercle à Asnières, mais il y avait moins de filles que là-bas, surtout pour un dimanche en fin d'après-midi. Il n'y avait que Magali en somme, en vitrine, et derrière, en tendant l'oreille, on entendait notre père en train de cisailler dans sa banlieue les thuyas de son paternel en surveillance 24h/24 de la mort qui venait.

– Je voudrais m'en aller. Je voudrais partir loin d'ici. Pas toi ?

– Ben, je sais pas, Magali. Je sais pas.

Je n'ai pas osé lui dire que j'avais à peine seize ans, je crois bien.

– Regarde-moi ces types, ils sont tous complètement obsédés !

On a essayé de parler de choses et d'autres. On a fumé une ou deux cigarettes, j'avais acheté des Marlboro que je fumais en hommage secret à mon peintre en bâtiment préféré qui ne m'avait même pas calculé. On a passé un bon moment à oublier d'où on venait, où on devait retourner aussi. Puis des types sont partis à l'assaut de notre table en vitrine gare du Nord. Ils lui faisaient des signes, il y en a même un qui lui sortait la langue. Magali et moi on a encore eu le fou rire.

– Ils sont dégoûtants ces types-là, non mais t'as vu ?

Elle n'a même pas osé descendre faire pipi pour ne pas se faire coincer au sous-sol. Quand on a arrêté de fantasmer dans La Ville d'Aulnay, on a décidé d'aller à pied à la gare Saint-Lazare.

C'est depuis cette fois-là je crois bien que ça nous est devenu clair que nous n'avions plus de cher papa, ni même vraiment de pauvre père. Sans doute qu'avant le prochain café gare du Nord beaucoup de temps allait passer. Magali pensait comme moi. En fait, on se sentait mieux quand on est arrivés vers le square Franz-Liszt qui est un bel endroit à Paris, ensuite on aperçoit l'Opéra Garnier de loin.
– Je ne comprends pas comment ils ont pu vivre si longtemps tous les deux. Tu comprends toi ?
– ...
– Vraiment je comprends pas, je comprends pas, elle a encore répété.
Je ne comprenais pas non plus. Je marchais plus vite qu'elle mais pour le reste en général j'avais toujours été plus lent.
– Tu crois qu'il l'aime encore ?
– J'en sais rien Magali.
– Et nous, il s'en fout maintenant.
Vers la Chaussée d'Antin elle m'a regardé par en dessous. Elle avait un peu mal aux pieds avec ses talons. On n'avait plus envie de chialer pour rien. La journée avait été trop longue, on est rentrés clopin-clopant. Le soir quand elle était seule, ma mère n'allumait qu'une seule lampe dans le coin de la chambre où elle dormait. Depuis les travaux on aurait pu se croire dans une autre vie sans lui, où il avait à peine existé, rien qu'une ombre, un

mec qui taille la haie. Il avait pris une vieille valise pour ne pas nous priver des nouvelles, de tous ces grands voyages qu'on ferait, ma sœur et moi, enfin, si un jour on en faisait. Magali avait dix-huit ans, elle allait tailler la route assez vite. En attendant le soir dans sa chambre elle écoutait la radio.

Elle nous a regardés avec ses yeux un peu étrangers du dimanche soir, quand elle en avait marre d'avoir passé trop de temps ici à faire la ménagère tout le week-end. On avait un oncle du lundi, mais pas encore du samedi et dimanche.
– Alors ça va ? Magali a demandé. Tiens, on a une enveloppe.
– Laisse-la ici, elle lui a répondu.
On a haussé les épaules tous les deux sans le montrer. On a laissé le chèque et la lettre qu'on n'avait pas eu le temps de lire en entier, à cause des indiscrétions et des horaires du train, jusqu'à l'arrêt complet en gare. Tout le monde va descendre sur ce dernier quai complètement inhabité. Ce train ne prendra plus de voyageurs. Mais parfois, peut-être, dans une maison, pousse toute seule comme une grande une haie de thuyas bien coupés, noire et un peu inquiétante, et derrière, juché sur un escabeau avec ses cisailles, apparaît un homme dont les pensées sont devenues indéchiffrables, à force d'oubli et de temps passé. Il n'avait plus de travail. On allait le revoir comme ça, peu souvent, une ou deux fois par an. Il n'avait pas pu pour les vacances. Puis, c'était trop tard. Alors bon. À une

époque, le restaurant près des puces de Clignancourt avec cette serveuse blonde qui le mangeait des yeux, il était encore différent d'avant dans ses yeux à elle. Un jour, j'irai parmi ces types des cafés de la gare du Nord. Il y aura tous ces gens que je connaîtrai dans ma vie, si jamais il m'est donné d'en connaître. J'oublierai tout mieux avec eux. Avec eux, j'en aurai vraiment marre de lui. On avait pas mal de temps à tuer en attendant la vie, surtout le dimanche vers le soir, quand on n'avait pas envie de lire et que le Cercle était fermé.

On a eu la permission de ressortir le soir. On avait bien grandi ce jour-là. On est resté pas mal de temps à se préparer dans la petite salle de bains. Ma mère vérifiait le chèque et elle a continué à trier les affaires. Elle mettait tout ça dans des cartons du Franprix de la Sablière. Elle m'avait demandé d'en ramener quand j'allais chercher l'eau. Il y avait tellement de choses, mais pas tant de cartons, en fait. Magali s'était maquillée sérieux. Elle aimait bien les ambiances *Mille et Une Nuits* Shéhérazade qui devaient annoncer les chanteuses à la Jeanne Mas dans notre banlieue. Elle portait sa veste en daim, des jupes à fleurs. Moi, ça ne faisait pas longtemps que je traînais dans les cafés, je devais me demander combien de mon argent elle allait me taxer ce coup-ci ? On n'avait pas osé lui demander de l'argent de poche en plus du chèque des arriérés. On a regardé les cartons du Franprix avant de partir. Elle avait débarrassé pas mal de choses, sans oublier les derniers sacs-poubelle de vêtements qu'il n'était pas venu reprendre. On avait descendu les paquets à la cave. Enfin non. Magali et moi on n'avait pas voulu le faire pour ne pas lui porter la poisse en plus d'un départ en douce avec rien qu'une petite valise, et puis, il avait été notre père après tout. Ma mère avait fait son petit sourire placebo quand elle croyait qu'on était seulement là pour l'embêter. Ensuite, vu qu'on lui avait dit non, elle n'avait plus ouvert la bouche de tout le week-end.

Avant et après lui, c'était toujours le week-end que ça se passait. Les engueulades, les chéquiers, pourtant, il était parti un jour de semaine.
– Bon t'es prête, on y va ?
– Oui, c'est bon.
Il nous avait seulement dit : je vais devoir vous laisser. Il m'en faudrait du temps pour bien comprendre. Encore aujourd'hui, je n'ai toujours pas compris. Magali et moi on s'est souvent demandé si on était super chiants ou bien quoi ? Avait-il une maîtresse qui l'attendait quelque part loin d'Asnières ? On hésitait à se dire tout à fait que ce devait être notre faute, mais en somme, faute ou pas, on ne pouvait plus rien y changer. Magali s'est encore mis du mascara et un trait de surligneur aux sourcils, noir charbon. On serait très vite en 1980. Bientôt, on serait grands et je plaquerais sans égard Antonio et tous ces Portugais pour tomber raide amoureux de la chanteuse Jeanne Mas, après

la mort de la chanteuse Joëlle qui n'était pas mal non plus.

— Tu es complètement siphonné !

Elle tournait un doigt sur sa tempe une fois à l'endroit une fois à l'envers. Elle se préparait à partir d'ici, de la maison. Le Cercle lui apprenait ça je crois bien.

— Vous ne rentrez pas trop tard ?

Maman avait sa petite trachéite du soir en léger différé, comme si on était un dimanche à l'heure de débarrasser la table après le repas. La vie il faut aimer, sinon gare.

— Non non, à minuit minuit et demi, elle a souri Magali.

À l'heure des princesses dans un café comme le Cercle on commence à rêver fort de ne jamais rentrer chez soi. En sortant ma sœur a jeté un coup d'œil aux cartons.

— C'est quoi tout ça ?

— Ce n'est rien, des affaires de votre père, elle nous a dit. Ne les dérangez pas, il viendra peut-être les reprendre un jour...

Il y avait aussi des photos dans un sac en plastique. Ils ne nous les avaient jamais montrées. On n'avait jamais vu les photos.

— On peut les regarder ? Pourquoi on les a jamais vues ?

Ma mère avait le regard de plus en plus traumatisé ce soir-là, elle attendait d'être tranquille. Moi d'abord ! Moi d'abord ! Elle devait encore patienter.

– Plus tard. C'est vieux, ça date d'avant votre naissance, ça ne vous concerne pas...

On a regardé vers ses yeux. On n'a pas osé lui répondre.

– Il faut savoir oublier vous savez.

Elle parlait comme pour elle seule. Elle a soupiré vers les cartons. Elle avait sorti le scotch marron des colis longue distance. Bientôt, elle aurait achevé la disparition. Mais bien sûr on pourrait toujours aller fouiller dans la cave avec une grosse lampe de poche à piles Wonder.

– Bon, on y va là ?
– Ben oui. Je suis prêt moi.

Elle tirait du scotch sur le dérouleur quand nous sommes partis. Elle nous a suivis des yeux depuis la porte-fenêtre et j'ai deviné son regard derrière le rideau. Elle était triste le soir, ma maman. Le dérouleur du scotch ressemblait à un pistolet, je me suis dit.

– On ira à la cave un de ces quatre ? Magali m'a demandé.

Quand on est arrivés en bas elle a laissé retomber le rideau. Elle a dû appeler au téléphone des gens, des copines de bureau, un type qu'elle voyait parfois, genre l'oncle du début, un type pour de temps en temps.

On a longé la voie ferrée. C'était vide sauf au Cercle. C'était seulement encore un peu plus vide depuis qu'il était parti, qu'il avait abandonné son travail de gratte-papier dans le bureau des mutuelles du grand immeuble à la Chaussée d'Antin et qu'on pouvait descendre au Cercle pour un long moment dans la nuit, jusqu'après l'heure du dernier train en dessous du tunnel, à 1 h 08 le matin.

***

Ces fêtes me tournent encore dans la tête. Je vois le tunnel sous les voies. J'entends les rires qui nous protégeaient du dehors, ou parfois même de rien. On se sentait vraiment vivants là-bas. Luc les mains froides, Marie-Noëlle, Sid-Ahmed, Corinne et sa jumelle, celui qui dansait sur les plateaux télé derrière Sylvie Vartan, madame La Châtelière, professeur de lettres du lycée privé d'Asnières à côté de la gare, qui restait parfois tard le vendredi soir, à lire des romans en buvant un whisky, Nathalie, du cours Simon, sa copine une autre Nathalie, toujours habillée en cuir noir, les garçons des Grésillons : Sélim qui serait ingénieur EDF, Erwann, avec ses écussons Castrol sur sa moto Guzzi bleue, son casque, sa sacoche pour ses cours, à tel point que plus tard, nombreux seront ceux qui ne l'appelleront plus que Castrol sans connaître son vrai prénom. Celles et ceux d'Albert-Camus et du lycée d'Asnières ; ceux qui parlaient de photo, de films en 35 millimètres, se retrouvaient le samedi à l'atelier photo de Levallois, à la MJC de Courbevoie, Sylvain Rottembergen, tombé plusieurs années pour une affaire de drogue au tout début des années quatre-vingt, et mort trois semaines après sa libération dans un accident de moto. Dominique Fabre, Philippe le Belge, Malika et sa cousine Yasmine qui portait sur son cœur une photo d'Isabelle Adjani, elles se faisaient appeler de différentes manières selon les fêtes où elles allaient, fêtes de Gennevilliers, fêtes de Puteaux, de Courbevoie, fêtes de Neuilly-sur-Seine quand elles avaient décroché une invitation, fêtes dans les maisons de Bois-Colombes, dans celles de la boucle de la Seine à Argenteuil, où parfois on est lentement suivi par un panier à salade. Un voisin aura appelé et parlé de tapage nocturne... Ces endroits d'espérance de 1976, 77, 78, 79, 80, depuis que notre père n'est plus là, qu'il est parti un jour sans donner d'explications, il ne les connaissait peut-être pas lui-même ses raisons de partir, ses raisons de rester non plus, il n'en avait jamais eu aucune idée si ça se trouve, mon cher papa.

Alors on a continué sans lui ou lui sans nous, ou presque. Il avait appelé le jour de mon anniversaire. Il avait loupé d'une semaine celui de Magali qui en avait le bourdon, du coup on était allés tous les deux au Cercle puis dans le restaurant chinois de l'avenue des Grésillons. Bientôt elle habiterait ce bâtiment de brique de l'ancienne ceinture rouge, eau et gaz à tous les étages. Tu te souviens quand ? On essayait encore quelquefois. Tu te souviens quand elle ? tu te souviens des vacances ? tu te souviens quand ils ? le jour où ? Oui, on se souvenait pas mal mais elles étaient déjà trop lointaines, les années d'avant. Ce n'était pas pareil que la vraie vie, on n'était pas encore à l'âge où se souvenir suffit. L'année d'après on avait repris une fois le train tous les deux. On était allés voir Mimie. Elle était gênée de nous rencontrer sans lui.

— Il a changé. Il n'était pas comme ça avant. Je ne sais pas pourquoi.

Elle avait des yeux petits et très brillants, Mimie. Il allait et venait. Il était au chômage, il ne la tenait jamais au courant de ce qu'il allait faire, elle ne pouvait pas dire quand il viendrait ou bien s'il ne viendrait pas. Elle lui laisserait un message. Elle nous a offert le café. Elle nous a donné un billet de cinquante francs.

— Non, ça va, elle a murmuré Magali.

— Si, ne faites pas des histoires, prenez.

Elle lui disait de ne pas nous oublier, de tenir son rôle. Mimie. Sa bouille toute ronde. Ses cheveux à peine gris plantés bas sur le front, les racines blanches. Quand on est arrivés au seuil de la pièce du rez-de-chaussée, on avait du mal à déglutir. Il guettait quoi son père à lui, à travers les volets fermés ? Avait-il lui aussi rêvé de partir sans l'avoir jamais fait ? Était-ce mourir qui le ferait pour lui ?

— Vous allez lui dire bonjour ? Ça va lui faire plaisir. Personne ne vient.

Il était toujours le même, le peu qu'on est restés. Papy est revenu de très loin dans sa tête pour nous faire un vague sourire. Les traits creusés, les yeux enfoncés aussi avec sa maladie industrielle qui le faisait souffrir depuis longtemps. On a essayé de dire deux trois mots, il a hoché la tête. Il ne nous dirait rien. Non, vraiment. Il n'avait rien à nous dire. Magali n'a même pas voulu qu'on s'arrête boire un café à La Ville d'Aulnay ce coup-ci. On est retournés direct à Asnières. Alors ? Alors rien, Magali a dit. Elle a claqué la porte de sa chambre : il ne l'avait même pas appelée à temps pour son anniversaire. Il n'était pas venu au rendez-vous chez ses parents. Il avait déjà beaucoup oublié. C'était donc si facile que ça ? J'étais en terminale maintenant.

**

Après j'ai essayé de jouer au petit détective, en cachette, mais personne ne savait ce qu'il était devenu depuis qu'il avait quitté l'immeuble des mutuelles. Je me demande bien comment je m'étais retrouvé au lycée ? Mon école c'était surtout d'accompagner ma sœur au Cercle, il n'y a personne pour vous faire réviser ces choses-là. Une autre fois. On était un autre printemps. De quelle année ? Un printemps en tout cas avec des fleurs de cerisier, des branches lourdes et des orages tout autour du marché Chanzy. Les allergies. Des ombres de types perdus qui vont et viennent, comme s'ils cherchaient des souvenirs qui n'ont aucune envie de se laisser rattraper. Je ne crois pas qu'il soit passé à la cave chercher ses affaires. La cave, nous n'y sommes jamais retournés. Il envoyait parfois des chèques.

Il annonçait des lettres qui n'arrivaient jamais. Des rendez-vous manqués toujours, des années. Il était très en retard de toute façon et il n'arriverait jamais au bout. Il ne pourrait jamais nous rattraper. Il ne rattraperait jamais tous les retards qu'il avait eus en une seule vie, mon cher papa. On ne l'a pas retrouvé. Puis, cet été-là aussi a fini.

C'est Luc qui l'a vu en premier cette fois-là. Dans la mémoire de mon père rôde aussi depuis ce jour le sourire amusé de Luc et peut-être sa colère rentrée à l'apercevoir, immobile, de l'autre côté de la vitrine du café.

– Tiens, il s'est tourné vers ma sœur. Regarde qui est là !

Magali était surprise. Elle était presque gênée sur le moment. On l'avait attendu plusieurs mois d'affilée. J'ai rougi sans vouloir. Il a hoché la tête avant de pousser la porte de verre comme s'il nous rencontrait par hasard. Les mains dans les poches de son imper, il n'en portait pas un comme ça auparavant. Le col avait tendance à se dresser comme pour une filature dans un film de genre. Ses yeux trop clairs, son sourire flou, mon cher papa ! On était tous gênés je crois bien.

– Je peux m'asseoir ?

Il nous a demandé si on voulait changer d'endroit ou si on préférait rester ici. Il revenait de la maison. Elle lui avait dit où nous étions. Il a regardé autour de lui comme s'il n'était jamais rentré dans un bar. Il nous dévisageait, parfois, comme s'il avait voulu faire le pont entre ses souvenirs et nous, ceux d'aujourd'hui. Sa chemise bleu clair. Il ne portait jamais ce genre de chemise non plus du temps qu'il était avec nous, qu'il jouait dans une famille heureuse, du temps qu'il s'ennuyait à la Chaussée d'Antin.

On a trouvé une place dans la salle du fond. Luc au comptoir a suivi Magali des yeux, à un moment, il a tourné la tête comme s'il avait à décider s'il pouvait nous laisser seuls avec lui. Luc a été important dans notre vie, pendant plusieurs années. De Luc nous n'avons plus de nouvelles. Les Moody Blues ne nous parlent pas de lui, et plus personne n'écoute les chansons de ce groupe-là, j'ai l'impression. Mais quand je ferme les yeux, cette scène repasse en silence comme si je l'avais inventée. À côté de lui son copain Erwann avait l'air de cuver la même cuite depuis dix ans, ou par là.
 Il était content de nous voir.
 – Vous voulez boire quoi ? Il a commandé un demi.
 – Alors Magali, ça va ? Elle avait les larmes aux yeux.

On s'est regardés longtemps sans se parler. Pourtant on avait tellement de choses à lui dire, on lui avait beaucoup parlé quand il n'était pas là. Et puis les souvenirs, c'était comme si on avait déjà tout oublié. Oui, nous ça va. À un moment, elle a jeté un coup d'œil vers la salle devant, elle avait des reflets de couleurs dans les yeux. Tony Berthet, Camille Sarfati, Marion Cohen, Gérald Dubois, ces temps-ci je revois leurs visages souvent, alors je pense à lui aussi. Il est assis un peu à l'écart comme s'il était revenu par hasard et allait repartir bientôt pour les mêmes raisons. On a eu du mal à se parler, on était à peine réunis.

– Oui, c'est vrai, ça fait longtemps, il nous a dit. Je ne vais pas vous raconter d'histoires surtout à votre âge. Il a paru réfléchir sans tricher. C'est compliqué, une vie. Votre mère a l'air en forme.

– Tu l'as vue ? lui a redemandé Magali.

– Oui, je l'ai vue.

Il n'a pas su quoi dire après. On a attendu qu'il nous parle.

– Et vous alors, les cours, tout ça. Comment ça se passe ?

On a essayé de raconter un peu. Ça a été difficile de se lancer et puis, de faire le choix entre les choses à dire et celles à garder pour soi. Peu après Luc est venu s'asseoir avec nous, vous me remettez pas ? Je suis Luc. Ah si oui, Luc, a répondu mon cher papa. Il avait déjà assez de mal à nous reconnaître, j'ai pensé.

– Vous allez bien, m'sieur ?

– Oui, Luc, ça va bien, et toi ?

– Pas de soucis, m'sieur. Luc a hoché la tête en souriant. Magali, tu viens au cinéma avec moi demain soir ? Je me souviens mieux de Luc ce soir-là que de lui, ou même de ma sœur ou moi.

Il était désolé d'être parti comme ça. Il pensait à nous mais ne nous avait pas donné signe de vie. Il avait eu une mauvaise passe après avoir démissionné.

– Tu fais quoi maintenant ?

Il a souri de loin, comme ça. Il allait peut-être partir quelque temps en province. Oui, il était au courant, nous étions passés voir ses parents. Mimie lui avait dit, il était allé chez eux peut-être un mois après nous.

– Pourquoi tu viens pas nous voir plus souvent, pourquoi t'es pas venu avant ?

Magali était en colère, même si elle était pour plus tard sa vraie colère, elle serait peut-être pour toujours, dans sa vie. Il a haussé les épaules ; il avait l'air moins perdu que la fois d'avant. Il avait l'air moins fou aussi, moins triste.

– Vous devez m'en vouloir, je ne pouvais pas faire autrement.

Parfois ma sœur se mordait les lèvres jusqu'au sang. Le Dermophil Indien en stick vert ne réparerait rien cette fois-ci. Après Luc, d'autres personnes sont venues pour lui dire bonjour, Marion Cohen, Jérôme Canetti et Antonella Medeiros, vous voulez boire une mousse avec nous, m'sieur ? Non, merci. On ne l'a pas eu pour nous seuls si longtemps, et c'était peut-être mieux comme ça. On a encore un peu parlé juste devant le tunnel sous les voies. Je me souviens du bruit des talons d'une femme sur le trottoir du Cercle quand nous sommes sortis. Il avait payé nos consommations.

On l'a accompagné jusqu'à sa voiture, une Peugeot 403. Bien sûr elle n'était pas à lui, il nous a précisé, depuis quelques années il n'avait rien à lui du tout, en fait. Un copain la lui avait prêtée. Il avait vu les sacs plastique et les cartons dans la cave. Il n'avait pas... Plus tard, il verrait bien. Magali se tordait une mèche de cheveux. Je me rappelle la lune au-dessus de la gare comme dans un dessin animé, les promesses qu'on porte en soi si profond qu'on ne pourra jamais plus les oublier, sauf que personne d'autre que soi n'est au courant. Alors bon. Il faut aimer. Il avait peut-être un travail en province. Il ne fallait pas se bercer d'illusions : je me souviens de toutes les paroles de ce soir-là, sur le trottoir. Dans sa bouche, c'était comme si elles venaient de la bouche d'un autre, ou plutôt, je me suis dit cette fois-ci, d'une autre. Il marchait plus vite qu'avant quand il me promenait dans le quartier de la Sablière le samedi et que j'étais très petit. Ses cheveux gris, surtout d'un côté, et au moment de se séparer, comment il a pris son courage à deux mains pour nous dire un autre mensonge. Mon cher papa ? Mon pauvre père : moins les deux à la fois que les deux en même temps. Longtemps.

Il a serré Magali dans ses bras, elle avait l'air petite à côté de lui, sans être si petite que ça. C'était dur de se séparer, évidemment. Puis il m'a serré la main, de la même façon que ma mère m'avait toujours tendu la joue.

— Bon, à bientôt alors.
— C'est vrai ? elle lui a demandé Magali.

Il y avait un siège bébé derrière, à l'intérieur. Il a dû manœuvrer pour sortir la voiture. J'ai essayé de me rappeler la plaque d'immatriculation, de savoir quelque chose sur lui. Je ne l'ai pas retenue. Non, il ne savait pas quand il remonterait à Paris. Mais il nous appellerait régulièrement et quoi qu'il arrive, « il était là ». Ma sœur les bras croisés et la petite tache rouge des feux arrière, elle avait froid. Le cœur, on le met où on peut. Enfant on vous le donne facilement mais ça ne veut pas dire qu'il est à vous pour toujours. Alors, parfois, aussi vite qu'on vous l'a donné, on vous le reprend.

— On rentre à la maison Magali ?

Elle a haussé les épaules. On ne passerait plus beaucoup de temps à la maison de toute façon. Où allait-il quand même ? Pourquoi avait-il mis tellement de temps à nous abandonner ? Ces questions parfois m'ont réveillé, mais avant de me les poser, je savais déjà que je n'en connaîtrais jamais la réponse.

Ma mère a essayé plusieurs années de « refaire sa vie » mais en fait, comme elle disait de temps en temps au téléphone, on « ne refait pas sa vie, on la continue ». Ils étaient les spécialistes des phrases toutes faites qui ne veulent rien dire, pas plus que les talons des chéquiers du CIC quand on les pointe, le dimanche soir, en se rappelant la semaine passée, les mois, les années. Où est parti tout ce temps-là ? Magali est partie peu après aux États-Unis. C'était bien loin du Cercle près de la gare d'Asnières, il en fallait forcément un qui reste, alors je suis resté. J'ai pas dû beaucoup réfléchir pour rester. Beaucoup de temps est passé, merveilleux et inutile, j'ai vécu des heures lumineuses et tout à fait sans importance. On n'habitait pas loin l'un de l'autre ma mère et moi. Un ou deux coups de fil par an avec lui, deux ou trois visites par an chez elle, ça ne fait pas lourd en bagages, à s'aimer comme ça. À force, on finit d'attendre pour toujours, alors on a vraiment fini son enfance, on peut avoir plus de trente ans pour la finir vraiment, en vérité.

* * *

Je n'ai pas reconnu Mimie. Il avait tenu vraiment longtemps dans sa pièce au rez-de-chaussée, il avait dépassé les quatre-vingts ans. Je suis allé gare du Nord et c'est en cherchant des yeux le train pour Aulnay que je me suis souvenu de son : je vais devoir vous laisser, comme il nous l'avait dit un lundi après mes cours à Albert-Camus, avant de partir loin et de ne presque plus nous voir, comme si on avait été rien du tout. À peine une quinzaine d'années à s'occuper de notre vie d'enfant qui ne le concernait pas, mais de cela, je n'ai jamais songé à lui en vouloir. J'ai pris le RER en me disant que ce n'était pas à l'enterrement de mon grand-père paternel que j'allais. J'avais eu Magali au téléphone, elle voulait savoir s'il serait quand même là ? Cela devait faire deux ou trois ans que je ne l'avais pas vu, mon cher papa. Deux rangées pas pleines à l'église. Je suis arrivé un peu en retard, ce qui allait contre mes habitudes, je ne suis jamais en retard quelque part. J'ai eu un coup au cœur quand il s'est retourné vers moi. Il m'a fait un petit sourire ; il m'avait fait le même que je n'avais pas digéré le jour de son départ, il y avait quinze ans de cela. À côté de lui Mimie. Elle se tournait parfois vers lui, la tête baissée, elle regardait vers le cercueil. Le prêtre africain était encore jeune, très beau, on sentait son courage à dire des choses auxquelles ici presque plus personne ne croit. Non, je pensais, il n'avait pas eu une belle vie. Il n'était sans doute pas mort entouré de l'affection de sa famille et de son fils unique, mon cher papa. Il n'irait jamais dans la paix du Christ. Personne n'aurait marché sur l'eau pour lui. Rien ne fut ni juste ni bon de ce qui lui était arrivé. Il laissait dans la peine une femme qui avait passé près de la moitié de sa vie à le soigner, à lui donner ses cachets, à lui faire la cuisine. Mimie avait l'air épuisée maintenant, j'ai regretté de la connaître à peine en fait et de ne pas être assez proche d'elle pour aller à ses côtés, je l'aurais tenue contre moi et ça l'aurait peut-être aidée ? Il m'a fait un signe de tête, à un moment. Il y avait de la place dans la première rangée, là où sa mère et lui se trouvaient. Je suis allé là où il me montrait. La cérémonie n'a pas duré longtemps.

Les gens du banc derrière, c'étaient surtout les vieux voisins de la rue des pavillons où ils habitaient. Ils se levaient et s'asseyaient, la tête baissée. Mimie n'a pas eu de mal à me reconnaître. Elle m'a dit qu'elle croyait qu'on ne viendrait pas. D'ailleurs on n'avait pas à venir.

– Et Magali, ça va ?
– Oui, très bien, elle te dit bonjour, Mimie.

Il se tenait à côté d'elle pour assister à la fermeture du cercueil. Et il ne pleurait pas. Ces détails semblent morbides, mais à mon avis, ils ne le sont peut-être pas plus que ça, quand un cœur qui bat ne bat presque plus, quand on a cessé d'aimer et d'être aimé, ces vies qui ne comptent pas. Mimie m'a fait la bise.

– Tu n'es pas venu nous voir beaucoup ces derniers temps.

Combien d'années ?

On est allés au cimetière intercommunal d'Aulnay. Je m'étais dit que je ne resterais pas mais en fait si. J'avais acheté des fleurs en chemin, je suis incapable de m'expliquer pourquoi je me suis rappelé brusquement Antonio, le jeune ouvrier portugais que ma mère avait fait venir pour tout changer dans notre appartement des ILM, juste après son départ. Rien ne serait plus impossible que de retrouver Antonio. Il y aurait encore beaucoup plus de silence, désormais. Tout n'avait jamais été entièrement cousu de fil blanc, et tout allait être oublié dorénavant. On s'est retrouvés deux heures

plus tard dans un café de la gare du Nord. Il avait des choses à faire, puis il retournerait chez Mimie passer la nuit, la maison était pleine de courants d'air maintenant. Et puis il y avait les papiers à remplir, à retrouver, à envoyer. On est restés une heure ensemble lui et moi, ce qui, au train où vont les choses, représentait pas mal de temps. Il était presque bronzé. Il habitait à Toulouse. Il avait eu une mauvaise passe d'une petite dizaine d'années, il avait attendu que ça s'arrange pour reprendre contact avec nous. Il avait trouvé un boulot par hasard dans cette ville-là.
— Et toi, et ta sœur ?
— Elle va bien.

Je n'avais pas le cœur à lui parler d'elle ni de moi. Il n'avait qu'à lui demander directement s'il voulait. Je lui ai donné son adresse. Il l'a regardée comme si c'était écrit en lapon ou alors plutôt en chinois.
— D'accord, il a murmuré.
Il a demandé le téléphone du bar. Je me suis rendu compte de tout ce temps passé sans lui à sa manière de demander : le garçon l'a posé sur le comptoir, comme dans un film du dimanche soir. C'était de là qu'il venait, des téléphones au bar, des phrases toutes faites dont il habillait sa fuite quand il en avait besoin. Au téléphone il souriait en parlant à la personne à l'autre bout du fil. Il est revenu. Est-ce que je pouvais rester encore un peu ? Il aurait bien aimé, il ferait les présentations. Il avait beaucoup

déconné avec ma sœur et moi, mais je ne savais pas tout, il voulait rattraper. On ne fait pas toujours ce qu'on veut dans la vie. Je voulais qu'il se taise, alors, j'ai hoché la tête que oui, d'accord.

— Elle sera là dans dix minutes.

Il m'a parlé de son père. Il n'avait pas toujours été ce vieux type coincé dans une chambre du rez-de-chaussée. Il avait eu du mal avec lui. Ce n'était pas le moment mais je crois qu'il me donnait envie de rire de lui, de temps en temps. Il était tellement maladroit. Il essayait de croire à ses explications au fur et à mesure qu'il me les inventait. Il avait toujours été comme ça. Toujours. Je me suis rappelé : « Qu'est-ce que tu cherches à prouver ? » Ma mère lui disait ça quand elle voulait lui régler son compte, ne pas entendre ses histoires, alors parfois, nous étions tout gosses, il allait bouder quelque part, dans la cuisine s'il y avait de la vaisselle à faire et ensuite, dehors. Au début, il nous promenait Magali et moi, et puis bientôt, il nous disait d'une voix basse de conspirateur : papa s'en va faire un tour ! Soyez sages en attendant... Il m'a posé des questions sur ma vie.

— Non tu n'es pas grand-père, c'est pas dans mes plans.

— Tu me préviendras hein ?

— ?...

Il m'a vraiment dit un truc dans le genre, à une table en vitrine de La Ville d'Aulnay près de la gare du Nord.

Ils avaient réservé une chambre à l'hôtel. Sa compagne n'avait pas voulu coucher là-bas, elle connaissait à peine Mimie et puis, ils avaient un enfant. J'ai senti battre mon cœur. Un enfant ? quel âge ? C'était une petite fille, elle avait dix ans. Non il n'était pas le père, la gamine ne savait pas que lui-même avait... Cela faisait partie des choses qu'il allait... Ne te fatigue pas, j'ai eu envie de le couper pour le lui dire, blablablabla, j'ai compris.

– Tu as l'air heureux, il m'a dit. Quand je suis parti j'ai eu l'impression de vous briser le cœur, celui de ta sœur aussi, mais j'en pouvais plus de ma vie.

Je me suis demandé si je lui avais pardonné, en somme ? Si je lui pardonnerais un jour ? Mais oui, bien sûr, je lui ai dit. Je ne lui avais jamais reproché quoi que ce soit.

Juliette est arrivée avec l'enfant un quart d'heure plus tard. Je me suis levé pour la saluer en pensant à ma mère, comment réagirait-elle quand elle serait au courant ? « Il faut tracer un trait », « il ne faut jamais regarder en arrière », et ses autres phrases brevetées de la méthode Coué. C'était une assez jolie femme. Ses yeux verts étaient doux. Elle avait quelques années de moins que lui, pas encore trop d'années de moins, j'ai pensé. Elle m'a tendu la main. On s'est assis après les présentations.

– Où êtes-vous allées ?

La petite fille m'a seulement regardé de biais, de face et de profil de temps en temps, sans rien dire. Ses ongles étaient peints en rouge sang, ceux de sa mère en noir. Alors, vous avez trouvé facilement ?

– Comment ne pas trouver la gare du Nord ? Elle avait un joli sourire. Il a pris une cigarette et il m'a tendu son paquet.

– Tu vas pas encore fumer ?

– Si, juste une moitié. Il a fait une grimace à la gamine. Alors comment c'était le musée Grévin ? Ça t'a plu ?

Elle s'est glissée à côté de lui sur la banquette de La Ville d'Aulnay. C'était comme si elle avait voulu lui rentrer dans le corps pour me regarder.

– T'es qui, toi ?

J'ai lu sa question dans ses yeux.

Il n'allait pas tarder à rentrer chez Mimie pour la nuit. Ils allaient dîner tôt au McDonald's. Ils passeraient une semaine entière à Paris, ce n'était pas de trop pour tout faire, ils allaient voir des spectacles et visiter les monuments, Versailles, le Louvre. J'ai cherché dans ma tête ce qu'on avait bien pu visiter avant, avec lui. On n'avait sans doute rien visité, ou alors pendant les vacances ? Il avait parfois l'air triste, mais l'un dans l'autre, il se portait bien mieux qu'avant. Juliette m'a demandé ce que je faisais dans la vie.

– Étudiant et chômeur, je lui ai dit.

Alors, à cause de ce mot-là ou de mon ton imbécile, elle n'a pas su quoi rajouter, et moi non plus.
– Excusez-moi.

Je suis allé aux toilettes, en bas. Je me rappelle l'escalier étroit pour accéder au sous-sol. Pourquoi étais-je ici avec lui ? Qu'est-ce que j'avais encore espéré ? j'ai demandé à ma sale tête dans le miroir du lavabo. Le rouleau de serviette maculé de taches grises, tout humide. On ne peut pas s'essuyer les yeux avec un truc comme ça. Les balades à Bécon. Les premiers pas square Chanzy. Ils s'engueulaient déjà quand j'avais trois ans. Ma sœur avec ses nattes, puis sans. L'école, le collège, le lycée. « Moi d'abord ! » « Moi d'abord ! » Il avait refait sa vie. Antonio. Nathalie Genovese. Les sosies d'Antonio. Les sosies de Nathalie. Puis le départ de ma sœur pour essayer de guérir de tout ça et d'oublier. Les chéquiers du CIC, mon pauvre père. Tout ce temps avalé pour rien, comme ça. Les trains de la banlieue ouest et Paris X Nanterre. Je suis remonté quand ça allait mieux. Au sommet de l'escalier, j'ai regardé vers eux, dans le bruit du percolateur.

Ils avaient l'air bien tous les deux, non, tous les trois. Il paraissait presque plus jeune qu'avant quand il rentrait du grand bureau des mutuelles à la Chaussée d'Antin. Il ne donnait pas l'impression de faire semblant cette fois-ci. La gamine m'a vu en premier. Juliette s'est tournée vers moi en gardant le sourire.

– Bon, faut que j'y aille. Je vais devoir vous laisser.
– Déjà ? Tu veux pas rester un moment ?
J'ai hoché la tête que non. Les yeux grands ouverts de la gamine.
– Ben, au revoir, on se reverra bientôt ?
– Oui. J'ai fait la bise à Juliette.
– Je suis contente de vous avoir rencontré. Tu lui as donné notre adresse ?
Quand elle lui a dit ça, il a eu l'air de se rendre compte et elle aussi.

J'avais toujours détesté sa phrase. Je l'avais tellement attendu. C'était un peu léger comme explication, mais après tout, ça changeait quoi ? Il a hoché la tête en me souriant.
– Dis à ta sœur que je lui écrirai.
– Je lui dirai.
– Tu vas aller où, là ?
– Chez moi.
Il s'est tourné vers sa compagne pour lui dire qu'il revenait.
– Oui, bien sûr, je t'en prie.
On était sur le trottoir devant La Ville d'Aulnay. On aurait pu s'embrasser mais en fait non. On s'est serré la main comme d'habitude, si c'était bien déjà une habitude.
– Attends, tiens, il m'a tendu de l'argent.
Je n'ai pas voulu le prendre. Il m'a dit si, j'insiste, s'il te plaît.
– Ben merci.

Sur la banquette Juliette et sa fille bavardaient, moi je n'étais déjà plus là évidemment. Je n'avais jamais été là. « Tu es bien comme ton père », « Mais qu'est-ce que j'ai fait au bon Dieu ? », « Tu lui ressembles, ça ne m'étonne pas », « Tu me fais penser à quelqu'un, ah là là ».

– Bon, salut.
– On se tient au courant !
– Oui. Dis, cette semaine on peut manger ensemble si tu veux. Je suis là !
– Oui on s'appelle, à bientôt.

J'ai traversé la rue aussitôt. Pas la force pour plus que ça. Je suis allé à pied gare Saint-Lazare en attendant que ça se calme. Putain. J'en aurais mis du temps pour lui dire. Et bon, je vais devoir vous laisser moi aussi. Après cette rencontre je n'ai jamais revu mon pauvre père, je n'ai jamais revu non plus mon cher papa. Il n'a pas cherché à le faire lui non plus. Alors, que me reste-t-il de tout ça ? On serait encore moins nombreux dans l'église que pour son père à lui. Un matin je me suis levé, content d'avoir enfin trouvé quoi. En fait, il ne me reste plus rien de tout ça. Seulement raconter mes histoires et la sienne. La sienne ? En tout cas là voilà, elle est finie.

Qu'est-ce que je voulais dire
pas la messe bien sûr ?

Quand on entrait dans la chambre, la première chose qu'on voyait, parce qu'on ne pouvait pas faire autrement, c'étaient les valises. Elles étaient sur le haut de la grande armoire. Je crois qu'il y en avait deux, mais je ne suis pas sûr. C'était vraiment une grosse armoire relativement à la taille de la chambre. Peut-être que c'était le genre d'armoire montée à l'intérieur même de la chambre, parce qu'elle n'aurait jamais pu entrer telle quelle dans l'appartement d'Anna ma grand-mère. La porte sur la rue, il aurait fallu l'ouvrir en grand. La concierge serait venue de six numéros plus loin pour surveiller le transport de l'armoire devant les yeux effarouchés d'Anna, maquillée de près, je ne sais pas dire autrement. Puis, si la concierge avait été un peu agressive, Anna serait remontée chez elle en faisant claquer ses talons. Aux livreurs elle aurait certainement proposé un café, dès avant leur arrivée elle l'aurait préparé. Je ne sais pas pourquoi je veux la voir revivre devant mes yeux, était-elle bien aussi attentionnée que je le dis ? En tout cas, ce serait tout à fait normal qu'elle leur propose un café avec du sucre de canne. Le sucre de canne, ou deux sucres différents dans le sucrier, ou si c'était seulement du sucre blanc elle en aurait choisi un avec des formes particulières, j'en suis certain. Cœur, trèfle, carreau. On peut avoir plein de certitudes de ce genre-là, même au sujet de personnes qu'on n'a pas connues, ou très mal. Ce sont des choses qui les dépassent, elles viennent de loin, avant je ne me rendais pas compte qu'elles venaient de si loin, ces choses-là, maintenant si, comme si je m'éloignais à mon tour. Ma grand-mère Anna.

Ils étaient deux, ça leur a pris une bonne partie d'un samedi pour monter cette armoire qui n'allait plus bouger de la chambre de ma grand-mère, rue de Tlemcen. Il y avait sans doute un problème rapport à la droiture des murs, tout le temps qu'ils travaillaient Anna n'a sûrement pas osé passer la tête par la porte de sa chambre : où étaient ses vêtements ? Elle portait souvent des tailleurs, elle avait de beaux chemisiers à long col ajouré, de couleurs vives, jaunes, turquoise, bleus. Les couleurs vives lui allaient bien, elle était blonde aux yeux bleus. Les deux types venus à Ménilmontant d'une commune de banlieue où ils avaient un atelier et chacun une famille en pavillon ont dû en rajouter dans le genre des forains, ça devait bien marcher avec ma grand-mère. Mais, malgré la mise en scène, il y avait toujours un problème avec le mur de la chambre qui n'était pas tout à fait droit. Ils faisaient du bruit. Les frères d'Anna, au moins Étienne, étaient venus passer plusieurs samedis dans le petit deux pièces, elle avait choisi la couleur de la peinture. Il était allé récupérer des échantillons et il les avait montrés à Anna.

– Alors, comment tu trouves ?

– Fais voir, avait murmuré Anna en chaussant ses lunettes. Anna était vraiment une femme qui chaussait ses lunettes, pas seulement ses chaussures. Quand elle regardait quelque chose elle faisait toujours cette même grimace, tout le temps que je l'ai connue.

Il avait choisi les échantillons dans le sous-sol du BHV. Dans son genre à lui, Étienne était plus reconnaissable qu'elle. Il portait une casquette et il allait toujours du même pas plus ou moins rapide et pensif lorsqu'il se rendait quelque part. Il parlait en marchant, à voix basse. Ses mots étaient pénibles à l'air, mais vibraient en dedans quand il réfléchissait. Il gardait le silence la plupart du temps. Je veux les rappeler une fois, encore une fois, parce que d'eux il ne reste rien et qu'ils vivent seulement un peu de ça, les souvenirs. Qui ils étaient, et ma mère, ma sœur Magali et moi. Il avait rapporté des échantillons. Il avait repéré le prix des pots de peinture et calculé avec sa lenteur habituelle la surface, le nombre de pots, s'il allait réussir à tout porter à la fois. Il était gentil. Il était sans doute ce qu'on appelle un type trop gentil, ce qu'on ne dit jamais d'une femme. Pourtant, j'imagine qu'on aurait aussi pu le dire d'Anna, si elle avait fait partie des femmes dont on pense à dire quelque chose. Je les vois tous les deux accoudés à la fenêtre qui donne sur la rue de Tlemcen, ils se sont rapprochés vers la lumière, elle a le tissu dans la main.

– Alors ma sœur, lequel tu choises ?

Il lui dit « choises », et pas « choisis ». Il parlait argot sans faire exprès. Il était bilingue en un sens, son frère aussi. Anna a haussé les épaules. Elle tenait au bout des doigts deux échantillons, blanc crème ou blanc cassé. On peut dire qu'ils étaient tous des blancs cassés de naissance, mais elle a choisi le blanc crème. Blanc tout court est bien aussi mais ce serait beaucoup plus salissant.

– Bon, celui-ci, tu es sûre alors, Anna ?

Il devait avoir un large sourire naissant pendant qu'elle hochait la tête, il devait attendre la question qui va de pair avec l'achat d'une peinture glycéro blanc crème ou cassé.

– Oui, tu crois que c'est salissant ?
– Ah, Anna.

Il souriait dans des souvenirs déjà lointains, ça faisait partie des questions d'Anna, savoir si c'était salissant.

– Oui, d'accord, tope-là, celui-ci, avait répondu ma grand-mère, et elle était retournée s'agiter dans la cuisine, probablement, en prévision du repas qu'elle allait préparer. Tout le temps que je l'ai connue ma grand-mère gardait le nez dans ses bassines.

Me reviennent toutes les expressions de ma mère la concernant, et celles de ma grand-mère, qui parlait très peu, à peine deux ou trois phrases à l'heure, admettons, ou alors dans quelle occasion pourrais-je l'imaginer parler plus ? Il me serait bien plus facile d'imaginer le contraire, elle parlant encore moins. Étienne avait déjà rebroussé chemin, allez ma sœur, je te laisse, je vais acheter les pots. Il avait convoqué Henri pour l'aider, Henri son copain, qui lui avait une vie ailleurs, sexuelle, femme et maîtresse puis divorcé, des enfants à l'étranger, mais là, je ne fais que transformer un passé dont tout le monde se fout en une image bien pratique. Il vivait à la colle avec une Cambodgienne des Orgues. J'ai beaucoup fantasmé sur la Cambodgienne des Orgues de Flandres. Les Orgues faisaient l'effet d'une verrue sur le nez, surtout dans le quartier bien gris et « noir de suif » des immeubles de l'avenue. Mais en plus, Maï, la Cambodgienne, elle venait d'arriver et vendait dans une minuscule boutique des parapluies, était très sympathique, alors Henri et Étienne étaient devenus ses chevaliers servants, même si je ne peux pas imaginer Étienne coucher avec elle, ou arpenter le canal de l'Ourcq pas loin sous un des parapluies qu'elle lui aurait vendus. En tout cas Henri avait eu une vie avec des enfants que je croyais abandonnés – autour d'Anna on imaginait toujours dans le même sens, avec des enfants abandonnés –, Henri ça l'arrangeait bien depuis qu'il était jeune retraité d'avoir Étienne pour ami. Étienne lui avait proposé de repeindre la chambre d'Anna, où bientôt, elle ne ferait jamais l'amour, n'attendrait sans doute rien de nouveau, lirait des livres en compagnie de l'armoire que son frère inévitablement aidé par Henri, et peut-être même par Paul, seulement s'il avait décidé de le faire et n'était pas en train de boire un coup quelque part, serait venu installer avec les ouvriers. Paul était alcoolique. Il y avait les enfants perdus abandonnés, les enfants perdus perdus, les femmes perdues, les dames, les hommes qui bricolent et ceux qui picolent, c'étaient les images de ces années-là. Elles sont archi-disparues, archi-oubliées, alors à quoi ça rime d'accompagner Anna dans sa chambre, dans cette rue de Tlemcen où sa propre mère, arrivée veuve et perdue elle aussi, avait été concierge si longtemps ?

* * *

L'idée c'était seulement de lui faire une chambre qui lui durerait des années, un tas d'années au bout desquelles on appellerait ça une vie. Je ne sais pas depuis combien de temps Anna habitait dans cette chambre quand je l'ai vue la dernière fois dedans. Une fois, à table, elle nous avait dit qu'elle avait calculé le nombre de jours qu'elle avait vécus, elle avait sorti le papier, elle voulait qu'on vérifie son addition.

— Tu te rends compte ? Ben dis donc. Anna écarquillait les yeux par-dessous ses lunettes papillon.

Après les valises, ce dont je me souviens, c'est de la photo de sa mère à elle, Marie. Les frères et sœurs d'Anna gardaient la même photographie sur leur table de nuit, mais cette image d'une femme un peu âgée, avenante, aux yeux très clairs elle aussi, comme ceux d'Anna et de Meige, était devenue celle d'une très vieille dame comme on en a tous vu sur les murs dans des vieilles maisons, ou sur des tables de nuit, des commodes dans des appartements minuscules et frappés depuis longtemps d'arrêtés d'expulsion qui ont mis des décennies à être appliqués. En fait, c'était comme si l'État, ou la mairie, ou je ne sais qui, considérait que l'arrêté d'expulsion courait suffisamment d'années pour gâcher une vie entière, ou reconnue pour telle, et ne se souciait pas d'accélérer le mouvement.

Qu'y avait-il dans l'armoire ? Anna perdait la tête. Ma mère lui a dit ça pendant de nombreuses années, et à force pendant encore de très nombreuses années, c'est devenu vrai comme diagnostic médical, mais j'en étais au contenu de l'armoire d'Anna, dans sa chambre refaite. Une fois qu'Henri et Étienne ont fini de poncer le mur peint en blanc, Étienne qui avait bon cœur et ne faisait presque aucun usage personnel de son temps était revenu l'aider. Anna leur sœur aînée avait beaucoup pris en charge leur éducation, et il en restait quelque chose, une sorte de volonté de leur part de lui venir en aide, de lui rendre service. Ils vivaient tous dans l'obsession de payer leurs dettes, ils n'en avaient pas d'ailleurs, mais ils reconnaissaient ce qu'on avait fait pour eux, pupilles de la nation, là en l'occurrence ce qu'Anna avait fait pour eux, ce que la vie n'avait pas fait et ne ferait jamais pour eux. Étienne donnait son temps aux autres. Il n'était pas difficile, et ça lui convenait assez d'être réduit à ses capacités de bricoleur hors pair, peut-être pas le plus rapide mais super consciencieux. L'armoire montait jusqu'au plafond blanc cassé, à peu près du même blanc que le mur. Elle avait une grande quantité de rangements, les robes et les tailleurs pendus ça allait, les boîtes à chaussures avec des chaussures et les boîtes à chaussures remplies de tout à fait autre chose, et puis alors comment devrait-elle s'y prendre pour récupérer les plus hautes boîtes ?

— Qu'est-ce qu'il y a dedans ?

Je ne me rappelle pas, disait Anna, et parfois, ça bleuissait encore un peu plus dans ses yeux, sacré nom d'une pipe en bois, qu'est-ce que je voulais dire déjà ?

— Anna, Étienne lui souriait, ah Anna. Et c'était comme si tout était déjà dit entre eux, comme si tout avait été déjà dit et redit, une fois et pour toujours, tous les deux. Lunettes papillon.

Je voudrais tant retourner dans sa chambre aujourd'hui. Je ne m'étendrai pas sur son lit, car telle que je l'imagine, elle foncerait effrayée vers sa fille, ma mère, et elle demanderait si on doit appeler les pompiers. Je ne voudrais pas rendre Anna mal à l'aise. Était-ce le calme que j'avais senti, la première fois qu'avec Magali, profitant qu'elles étaient dans la cuisine à s'engueuler, nous avions passé plus que la tête par la porte de sa chambre ? Je me souviens aussi, juste à l'instant, de la moquette blanc cassé, Magali regarde et elle enlève discrètement ses chaussures à talons plats, elles doivent être noires vernies, ou peut-être bleu marine, pour passer ses orteils en me souriant à la vicieuse dans la moquette à poils longs de la chambre d'Anna. Et moi, je suppose que je rêve de me vautrer dessus, même si ça ne vaut pas une peau de bête ; un lion, une panthère, ou alors une vache, mais je suis livré aux pulsions extrêmes de je ne sais quel copain de classe dont je suis vaguement amoureux. Mais du coup, cette moquette, Anna s'en plaignait car on ne pouvait pas fermer la porte de la chambre.

– Ouh là là, ça ferme mal, pourquoi ? Je me demande bien pourquoi, elle répétait, en regardant la porte se rouvrir lentement, d'un air dépité, ou étonné, ou sans air. Ça sent, qu'est-ce que ça sent, vous trouvez pas ?

C'était le problème des odeurs. Dès qu'on arrivait en bas des escaliers, on sentait les cuisines, et c'était comme si Anna luttait contre les autres pour se faire reconnaître parmi elles, à partir des escaliers de la rue de Tlemcen. Tlemcen, la ville où ma sœur est née. Elle ne parlait jamais des voisins, ceux de l'immeuble en tout cas. Elle ne les remarquait peut-être pas, de même qu'elle était très belle et ne paraissait pas s'en douter. Une fois, à plus de soixante ans, un Antillais l'avait draguée sur le marché, elle n'en était pas revenue.

— Mais voyons, je pourrais être votre mère !

— Non, Anna, sa grand-mère, avait constaté ma mère avec un petit sourire en coin, ce qui avait plongé ma grand-mère dans des calculs compliqués, les yeux vers le plafond.

— Ah oui mon Dieu, c'est vrai, je pourrais être sa grand-mère ! Non mais vous vous rendez compte !

Et à part le jeune Antillais qui voulait se taper une vieille rencontrée sur le marché, quels cochons ces bonshommes, ma grand-mère avait conclu comme Meige, son autre sœur, et les copines des deux, Anna ne parlait jamais des voisins, elle ne les reconnaissait pas dans la rue.

Elle marchait toujours de la même façon, le nez en l'air, vous allez voir qu'un de ces jours elle va se faire écraser ! ma mère en grimaçait. Elle ne fait jamais attention ! Anna haussait les épaules. Les yeux accrochés aux vitrines, elle s'en rapprochait lentement, marquait un temps d'arrêt à un mètre ou deux avant d'y coller tout à fait la tête. Plus tard, plus âgée, il lui arrivait de prendre des notes pour ne pas oublier. Elle prenait note des choses, des prix, de l'endroit où c'était, elle demandait autour d'elle si ça valait la peine, butant déjà sur les mots. Pendant toute sa vie Anna avait sans doute cherché ses mots et, dans les quinze dernières années, elle n'a plus pu faire barrage à l'oubli, mais cette maladie d'oublier était déjà présente dès le début, à mon avis, avec l'interdiction faite aux gens comme elle de dire quoi que ce soit à qui que ce soit, et c'était le calvaire d'Anna, mais à l'époque du boulevard de Ménilmontant, elle en est encore loin.

* * *

Anna rentre chez elle, elle porte un filet à provisions, s'il fait beau temps elle est sans doute en tailleur beige, bleu ciel ou blanc cassé, elle a des jolis chemisiers, jaune coucou, bleu turquoise, les cols sont longs et penchés vers le bas, elle a aussi plusieurs colliers ornés de camées, sa grosse bague au doigt, ses lunettes papillon lui donnent un air d'Américaine de films comme personne ne va en voir par ici, un film où une femme blonde aux yeux très bleus se promènerait d'un pas lent et oublieux en portant un cabas sur le boulevard un jour de marché, la question de ce film étant : qu'est-ce que la blonde Américaine fait à Ménilmontant un dimanche matin ?

Elle a fini ses courses mais elle s'arrête encore aux étalages. Elle les regarde souvent en pleine réflexion, si elle nous invite, nous ou bien les quelques amis qu'elle a, son angoisse de la semaine : qu'est-ce que je vais bien pouvoir leur faire à manger ? D'ailleurs, lorsqu'elle sait que nous allons venir Anna appelle ma mère à son bureau pendant la semaine, elle lui demande ce qu'elle voudrait bien manger, et nous, ce qui nous plairait ? Ma mère doit soupirer, quelque chose de léger... Tu veux des tomates farcies ? Va pour des tomates farcies.

– Et pour le dessert ? Anna parle à voix haute et angoissée.

– Je ne sais pas, murmure ma mère en regardant le plafond, fais quelque chose de léger, Anna, elle lui répond en faisant des grimaces à l'écouteur, ou en roulant des yeux vers le plafond, tiens, une salade de fruits. Alors Anna récapitule, elle doit se passer au ralenti le film de la dernière séance du marché du boulevard, on est la bonne saison pour les melons.

– Eh bien, fais du melon, Anna.

– Oui, je les ferai en entrée. Puis, peut-être parlaient-elles aussi un peu d'autre chose, et elle rappellerait deux jours plus tard en disant le menu qu'elle avait prévu pour dimanche, à quelle heure vous venez ? Ce qui exaspérait ma mère, bien sûr, être à l'heure oui mais laquelle ? Pas trop tôt Anna, ma mère en grimaçait comme si elle avait déjà des problèmes de digestion, elle va nous faire encore bouffer comme des vaches, ah là là.

Anna est rentrée chez elle, rue de Tlemcen. Une ou deux fois dans sa vie ça ne se passerait pas du tout comme ça s'était toujours passé. Une fois ou deux, elle a eu sans doute du mal à rentrer. Mais le reste du temps, l'immense reste, c'était toujours pareil. La minuterie de l'immeuble de la rue de Tlemcen est cassée, probablement, il faut faire attention à la marche creuse, juste avant d'arriver au deuxième étage.

– Attention de ne pas vous tordre les pieds, on n'y voit rien ! elle précisait quand elle y pensait, presque à chaque fois.

Son sac trop lourd, son pas est lent, ses talons lui serrent les pieds. Rien n'est entretenu dans son immeuble, il n'y a que le bouton de la minuterie qui brille. Une diode rouge. D'autres personnes ont insisté avec elle, pour la minuterie, mais bien souvent, elle doit s'arrêter sur le palier du deuxième et appuyer de nouveau. Je ne me souviens plus où se trouve la marche creuse, enfoncée ; ma mère ça l'énerve, elle a les yeux inspirés et lointains quand elle dit ça, à l'époque je ne comprends pas vraiment : franchement, elle pourrait quand même changer d'appartement, elle a une bonne situation ! Le pas lourd d'Anna en équilibre, elle a certainement trop chaud et se demande si nous allons arriver à l'heure (non) et combien de retard on aura. En fait, elle est seule dans la cage d'escalier.

Parfois quelqu'un d'autre rentre ou sort et elle ne connaît pas vraiment cette personne, peut-être une des dernières familles kabyles de la rue, ou d'autres gens comme elle, ou seulement un peu comme elle. Ça fait bien longtemps qu'on leur a dit que leurs jours dans cet endroit étaient comptés, il fallait chercher ailleurs, un autre endroit. Mais ce n'est pas si facile et puis ils doivent penser qu'on va bien finir par leur en trouver un, ils ont le droit d'attendre encore, ça fait déjà tellement longtemps. Anna avait peur de perdre ses clés. Ma mère en avait un double, sa sœur aussi, Meige ma marraine, et son amie Édith La Rosa, et quand elle avait un problème Étienne était envoyé avec son jeu pour lui ouvrir la porte. Merci mon frère, ah enfin.

– Où a-t-elle donc bien pu passer ?

Anna pose son filet à provisions, ou bien elle a seulement son sac à main, car elle n'aura fait qu'un tour sur le boulevard sans savoir pourquoi exactement. Elle décide de vider son sac, pas sur la table de la cuisine, mais sur la couverture du lit, elle cherche ses clés. Étienne lui sourit, il s'est quand même tapé une bonne dizaine de stations et personne ne songe jamais à lui demander si ça ne l'ennuie pas, il attend avec son sourire bref le moment où, affolée, elle va relever les yeux vers lui, comme si elle allait lui demander ce qu'elle cherchait. Il n'y a rien qui ressemble à des clés dans le sac vidé sur la couverture calme du grand lit seul d'Anna, rien du tout. Il n'a pas perdu son sourire, sa lèvre supérieure trop mince et ses yeux gentils, il est né gentil comme ça, lui aussi d'ailleurs a un rapport difficile à la parole, ou à sa manière de faire silence, je n'en sais rien.

– Elles ne sont pas là, mon frère.

– Je vois bien, Étienne parle sombrement. Et dans tes poches, tu as regardé dans tes poches ?

– Dans mes poches, pourquoi veux-tu que ? Attends !

Alors elle se relève, là d'où elle est elle voit sans le regarder le mur gris de l'immeuble d'à côté, celui du 12, et il lui arrive sans doute, mais rarement, quand elle s'endort parfois le samedi, lorsqu'elle est seule, de voir la surface érodée et tout imaginaire de cet immeuble, elle doit bien oublier qu'il s'agit de l'immeuble voisin. Elle peut le voir d'en bas aussi, de l'autre petite cour toujours encombrée d'objets par les locataires, aussi reculée que la vie de ma grand-mère dans le temps et aussi, la particularité de sa condition. C'est un endroit vraiment à elle, un endroit bizarre comme elle-même l'est un peu, pas seulement à cause de sa vie entière d'étourderies, depuis qu'elle a franchi la porte d'entrée des Charbonnages de France, mais parce qu'elle ne peut en partir. Tout le monde, au début des années quatre-vingt, finit par lui demander, ma mère sa fille, ses frères et sœurs, mais qu'est-ce que tu fabriques là-bas ? Des amies, le compagnon de ma mère lui explique aussi à forte voix, en souriant, il a compris avec sa mère à lui qu'Anna est un peu sourde, tout ce coton autour de la vie d'Anna a sans doute à voir avec son audition qui baisse. Lui Anna le regarde avec un sourire de tout temps apeuré, mais gentil. Elle l'aime bien, sans bien comprendre ce qu'on lui veut, elle habite ici depuis trente ans, non quarante, mon Dieu ce que ça passe, ça fait trente ans qu'on lui dit qu'elle devrait vite déménager, ici c'est temporaire, trouver un endroit qui aille mais à bientôt soixante-cinq ans, on lui prend la tête presque chaque jour maintenant.

Ma mère :
— Anna, quand est-ce que tu vas visiter l'appartement de la ville ?

Ses frères et sœurs : Anna, ses amies : Anna voyons.

— Mais je ne veux pas aller là-bas, répond Anna. Là-bas c'est rudement loin du boulevard de Ménilmontant et du quartier de Belleville, là-bas, c'est rudement loin de chez moi.

Dans les escaliers de l'immeuble, les voisins se croisaient, mais ils étaient trop étroits pour que deux personnes puissent passer en même temps. Le bruit de la minuterie. La porte d'entrée toujours ouverte, jamais complètement fermée, ma grand-mère faisant la grimace : c'est dégoûtant ! son pas lourd et attentif en montant les escaliers. Les gens autour sont différents, Anna est la voisine passe-partout, depuis leur arrivée ici elle n'a jamais bougé, ça doit faire bien longtemps, depuis bien longtemps elle est la plus vieille habitante de l'immeuble, la dernière parmi les plus anciens en tout cas, mais elle ne pourrait pas en parler pour autant, Anna ne connaît pas les voisins.

— Elle ne fait jamais attention, disait ma mère. Elle est complètement à l'ouest !

Elle a toujours été comme ça.

Sans avoir besoin de fermer les yeux je revois Anna avec son gros sac à main, blanc crème celui-là, à fermoir doré. Elle le porte au pli du coude et de l'autre côté, elle a un filet à provisions, un de ces filets qui font penser à des filets de pêche, il doit déborder de légumes, elle avait retenu de tous les conseils des magazines qu'il fallait manger des légumes. Ils circulaient, le *Elle*, *Modes et Travaux*, *Paris Match* et d'autres titres, ma mère était alors secrétaire dans une régie publicitaire, elle ramenait des magazines de son travail. Ensuite, ils circulaient. Anna en aura toujours beaucoup lu. Après son déménagement, quand elle a finalement accepté d'être relogée à Noisy-le-Sec en Seine-Saint-Denis, elle continuait d'en lire, ma mère lui en apportait des nouveaux, qui passaient ensuite à Meige, à Paris, et sans doute à d'autres personnes, mademoiselle Unetelle, une ancienne des Charbonnages, mademoiselle Truc, une dame amie de, etc.

– Tu as vu ça ?

Elle demandait à ma mère en tirant le menton vers le haut pour accentuer sans le vouloir son côté ahuri du dimanche. Entre-temps la table avait été débarrassée, non laisse-moi faire, laisse-moi faire, ma mère criait à voix lasse, et Anna haussait les épaules. Sa colère elle la gardait pour elle toujours, ensuite on lisait les journaux. Anna souvent avait découpé des articles, des propos de destinations lointaines, des fiches cuisine du *Elle* avec des recettes qui la surprenaient, je me souviens aussi d'animaux, photos de lions, tigres, ou photos de vaches du salon de l'Agriculture à la porte de Versailles.

– Non mais quelle horreur, ma mère lui disait. Pourquoi tu gardes ça ?

Anna haussait de nouveau les épaules, elle n'en avait aucune idée. Une fois un article sur la longueur d'un boa retrouvé dans le lobby d'un grand hôtel en Inde, ma mère en avait déjà les oreilles toutes rouges à ce moment-là, elle s'était déjà plainte « d'avoir bouffé comme une vache », de la surdité d'Anna, ça empire, vraiment elle devient sourde comme un pot, n'est-ce pas Anna ? (qui quoi, qu'est-ce que tu dis ?), du fait qu'elle ne pouvait même pas se lever de sa chaise, coincée qu'elle était contre l'armoire avec la vitrine aux portes coulissantes, où elle mettait ses poupées folkloriques, la mexicaine, la népalaise, la tunisienne, et le petit ramoneur savoyard.

– Le petit ramoneur, murmurait à voix basse Magali avec juste un sourire en coin. J'ai super envie aujourd'hui, pas toi ?

Elle se moquait souvent de moi chez Anna parce que je n'avais pas encore « sauté le pas », à savoir couché avec une fille. Ça passe le temps. Parfois, Anna dit qu'elle revient.

Nous avons déjà sorti les journaux, je cherche plutôt dans *L'Express*, ou les autres magazines pour hommes selon ma mère, rien de spécial ou des trucs qui font rêver, pas la tête des faiseurs de pluie et de beau temps, politiciens de la droite véreuse, hommes et parfois femmes d'affaires avec des sourires d'épervier qui viennent de découvrir l'arbalète, je lis surtout les chroniques d'Angelo Rinaldi sur les romans. Je me rappelle des noms, parfois, ils sont à la bibliothèque d'Asnières à côté de la mairie : Doris Lessing, John Mac Gahern, Unica Zürn, ces gens-là ont vraiment une vie étrangère, avec leurs histoires que je ne lis pas encore, mais un jour, je les lirai. Parfois Magali et moi on se regarde et on passe dans la chambre d'Anna.

– Vous allez où ? Vous sortez ?

Ma grand-mère relevait la tête avec un sourire de gamine.

– On reste là, ne t'inquiète pas, mamie, on est juste à côté.

Deux mètres plus loin, c'était déjà un autre monde, celui de la chambre d'Anna.

– Restez ici, votre grand-mère a horreur qu'on fouille dans ses affaires ! ma mère nous disait ça..

– Ah bon, Anna réfléchissait un peu, vous voulez fouiller quoi ?

Magali baissait la tête en se mordant la lèvre.

– Non on va rien fouiller, mamie.

Alors Anna se tournait vers sa fille :

– Tu vois, ils ne vont rien fouiller. Allez-y ! Ils veulent juste regarder mes photos.

On faisait deux pas sur la pointe des pieds, on avait gagné cette fois-ci. On a dû la visiter cinq ou six fois, cette chambre de la rue de Tlemcen, je n'en ai jamais rien oublié.

Partout où on allait Magali regardait les vieilles photos, elle essayait d'en faire le tour, de comprendre qui était qui, regarde, c'est maman ! Parfois, elle me demandait si je ne le reconnaissais pas ?

— Ben non, je murmurais, comme si Anna dormait dans la chambre et que je n'aurais pas voulu la réveiller.

— T'es con, c'est lui voyons. T'es bête ou quoi ?

— Lui qui ?

Magali s'énervait comme à travers ses dents. Petit puceau tu comprends rien, est-ce que ça ne veut rien dire pour toi la famille ? Ce devait être le mari d'Anna, ou alors, un genre de père, il avait une drôle de tête en tout cas, et je ne savais pas qui il était. Parfois elle m'avait tellement chauffé pendant le repas chez Anna que même ici, dans la chambre, où on trouvait tant de secrets dans les photographies sur la commode, j'avais envie de la renverser sur le lit, de m'asseoir sur elle à quatre pattes et de lui arracher un œil ou une oreille.

La chambre d'Anna. Les sous-verre. Sur ceux de la commode il y avait ma mère et elle. Ma mère enfant avait des yeux apeurés, tout à côté du sourire d'Anna exprès pour le photographe du studio de Ménilmontant. Les frères et les sœurs. Les gens, beaucoup de gens, dans les grands banquets annuels de la Compagnie des Charbonnages de France, dont Anna, qu'est-ce que je voulais dire pas la messe bien sûr, était la plus ancienne employée. Cette photo nous arrêtait à chaque fois. Je me demande lequel c'était. Magali faisait tourner son doigt sur le verre.

— Lequel c'est, petit puceau, tu devines pas ?

Je haussai les épaules. J'aurais pu la violer de rage, à force, ma sœur chérie. Mais bon, non. Les types tournés vers l'objectif, avec leurs petites moustaches, leur regard plus ou moins sévère ou satisfait, figés vers le photographe qui devait porter son flash, un peu de silence s'il vous plaît. Nous allons procéder à la mise en scène ! Non, à la mise à feu ! ou à la mise en boîte ? Je ne sais pas lequel serait le mieux en ce jour de banquet annuel. On retrouvait sans peine Anna parmi les femmes sur la photo du banquet. Tirée à quatre épingles, disait ma mère, elle est comme ça Anna, elle ne se mouche pas avec le coude, faut voir combien elle a dû le payer son tailleur. L'horloge avance doucement dans la chambre d'Anna, de toute façon je ne devinais jamais qui couchait avec qui aux Charbonnages de France. Je laissais vite tomber.

J'attends Magali pour sortir de la chambre. C'est à deux pas.

– Attends on n'est pas pressés, t'as pas de rencard de toute manière ?

Elle cherchait vraiment l'embrouille rue de Tlemcen, ça nous passait le temps.

– Gros cul, tu peux pas la fermer ?

– Oui, t'aurais bien du mal, pour avoir un rencard. Hi hi.

La commode au pied du lit. Anna devait toujours se placer presque en biais pour ouvrir l'armoire, coincée trop près du lit. La lampe avec un pied lourd, en cristal, une photo de leur mère à tous, la même chez tous les frères et sœurs, la photo de Marie. Un vieillard de peut-être trente ans, je ne savais pas qui il était. Mais t'es bête ou quoi ? Magali comprenait bien ces choses, et pour les gens qu'elle ignorait elle faisait des conjectures, deviner qui étaient la maîtresse et l'amant sans se tromper. Deux angelots aussi, en cristal de Bohême – oui, souriait Anna, en cristal de Bohême ! –, ma grand-mère les nettoyait le samedi matin, tous les samedis matin elle faisait un ménage complet. Il fallait que ce soit propre et récuré, « nickel ».

– Anna, tu voudrais pas venir le faire chez moi ?

Ma mère lui posait la question lorsque le repas avait trop traîné en longueur, ou qu'elles s'étaient disputées. Ma sœur avait fini de regarder les photos. Elle était là, découragée, à deux mètres derrière la porte. Ma mère se raclait la gorge comme si elle y avait quelque chose de coincé pour toujours, depuis qu'elle était née, quand on allait déjeuner chez Anna. Il fallait manger un dessert maintenant. Anna voudrait savoir si c'était bon ?

Un chapeau dont Magali avait recouvert l'abat-jour d'une lampe jamais allumée, posée sur le bord de la commode brillante et ça avait fait rire Anna, elle l'avait laissé en place, elle ne le mettait peut-être pas ? On se regardait tous les deux dans la haute glace de l'armoire. Ma grand-mère en jupon : elle voulait passer une robe qu'elle avait achetée pour que ma mère lui dise si elle lui allait bien ou pas. Je n'ai aucun savoir concernant le sommeil d'Anna et ses nuits, je le regrette bien maintenant. Ah vous voilà, nous ressortions.

– C'est rudement joli dans ta chambre, mamie. Je devais dire avec un sourire à la con comme si j'étais payé pour ça.

Elle nous regardait sans comprendre, et puis, au bout d'un moment : vous trouvez ?

Magali hochait la tête et elle était contente pour un moment.

– Bon, alors, qu'est-ce que je voulais dire pas la messe bien sûr ?...

Elle nous regardait avec un grand sourire satisfait quand elle trouvait ce qu'elle voulait nous dire : ah oui, le dessert ! On avait du gâteau de semoule aux fruits confits ou de la tranche napolitaine. On regardait la crème glacée se ramollir sur l'assiette. On faisait des dessins avec la cuillère, ma mère en avait marre à la fin du repas. En fait elle en avait à peu près aussi marre qu'en arrivant, au début, juste avant, à l'idée de, et il y avait parfois une amélioration entre le début et la fin. Passagère ça va de soi. Mais bon. On mangeait sans rien dire.

– Alors, ça vous va ?
– Oum c'est bon, c'est super bon !

Ou bien on lui disait avant, elle remontait les yeux de son assiette à elle avec un sourire chiffonné :

– C'est vrai ? Vous trouvez ?

Et puis ça finissait comme ça, ma mère les yeux vers le plafond :

– Mais si Anna, puisqu'on te le dit ! Crois un peu les gens pour une fois !

Anna haussait les épaules, finissait son dessert, abattue sans le montrer. Elle venait chercher du secours dans le regard de Magali, elle était toujours contente de venir, Magali.
– Vous en revoulez ?
– Non, merci.
Ensuite, on se taisait.
– J'ai ça, disait Anna, avec un ton timide, un peu découragé, elle nous montrait des crèmes de menthe, des figues fourrées au chocolat, des trucs invraisemblables qu'elle avait rapportés de l'étranger où elle commençait à faire des voyages, avec ses copines des Charbonnages, madame Freyssinet, Édith La Rosa. Nadine Eliakim. Des cadeaux de madame Hart, une vieille amie, qui habitait en Californie maintenant, une ancienne collègue mariée à un monsieur américain, disait ma grand-mère avec un air intimidé, ils avaient une grande voiture, une grande maison, une grande piscine. Elle avait la photo quelque part. Madame Hart. Ses cheveux en chignon noir, sa maigreur maquillée, ses yeux très bleus, sa peau desséchée par le soleil californien.
– Quand viendrez-vous nous voir, Anna, en Amérique ?

Elles avaient à peu près toutes le même âge, elles venaient toutes du même quartier. Elles se croisaient parfois, Anna n'en parlait pas souvent ;

leur photo dans sa chambre, les sourires qui doutent, les sourires lents. Ensuite elle mettrait la vaisselle à tremper dans l'évier. Ma mère exaspérée : ça y est, oh là là, elle n'attend même pas qu'on parte pour nettoyer, votre grand-mère.

Elle faisait pareil qu'elle dans l'ILM d'Asnières, pourtant.

– Anna, reviens ici, tu nous invites et tu t'en vas !

De la fenêtre du salon, on ne pouvait pas voir tout en bas de la rue de Tlemcen. Elle était trop étroite. On apercevait l'étage d'en face, où vivaient des personnes expulsables elles aussi, et leur vie avec, et tout ce qu'il y aurait eu à raconter. On voyait souvent un vieux type assis sur une chaise posée sur le trottoir, quand on arrivait. Parfois la chaise était vide. Ma sœur et moi on avait inventé un monsieur Sacha qui nous surveillait avec bienveillance dans la rue d'Anna.

– On va aller parler à monsieur Sacha ! On va lui dire bonjour !

De la chambre d'Anna, à la fenêtre, c'était seulement le mur miteux recouvert de salpêtre, un endroit où il faisait frais, sauf en hiver. L'hiver, là où le soleil n'arrivait jamais, entre les deux murs aveugles, il faisait froid. On en voit plein des murs comme ça dans les bâtiments à démolir. On aperçoit une machine Poclain jaune à l'arrêt, sur un tas de décombres, elle est toute seule au beau milieu. On devine comment demain elle va se mettre à faire bouger son bras, à charrier les vieux moellons, à enfoncer les vieux murs où sont restées collées des épaisseurs de papier peint. Les rideaux de la chambre, les doubles rideaux aussi, Anna devait les tirer sur ce mur aveugle, sans fenêtre. Le crépi obscur où même la mousse rechignait. Les deux angelots sur la commode au pied du lit. Le chapeau sur la lampe jamais allumée, un blanc avec un ruban noir. La commode où Anna en jupon choisit ses habits du lundi matin pour aller au travail, cinquante années tout rond. Les affaires dans les boîtes. Les vieux tourments. Les vieilleries. Les robes sous le plastique du nettoyage à sec, les chaussures avec une boucle au sommet et les quatre centimètres de talon.

Small talk : ce qui se passe autour de la chambre d'Anna, sur le marché, les voleurs, les gens des étages à qui Anna ne parle pas, parce qu'elle est timide et surtout, je le comprends maintenant, parce que souvent elle ne les reconnaît pas. Les années rôdent autour de sa chambre, et dedans, ici et puis ailleurs, évidemment. La vie d'Anna s'écoule autour de cette chambre où rien ne bouge, mais dans la rue, au coin, il y a le café des Kabyles, l'école primaire. Et sur le boulevard du côté de Ménilmontant les magasins ouvrent et ferment. Anna ne reconnaît pas tout d'une semaine sur l'autre.

– Oui, c'est bien ta grand-mère, elle a toujours été comme ça.

Ma mère parle tout fort à côté d'elle.

– Vous pouvez y aller elle n'entend rien !

Elle s'énerve toute seule sans raison apparente.

– Hein, qu'est-ce qu'il y a ?

Anna est un peu partie dans ses rêves et personne ne sait exactement où c'est. Même quand elle porte ses appareils, elle entend toujours aussi mal. Ma mère commence à grimper aux rideaux, Magali et moi on a les joues toutes rouges. Le kabyle est fermé. En face il y a un foyer avec les premiers Maliens des années soixante-dix, ma grand-mère les croise parfois en tirant son caddie à carreaux, ce monde-là est pour toujours envolé. Le foyer de la rue Bisson. Le dimanche matin quand elle sort sa chambre est immaculée, d'un luxe sombre, elle est soyeuse et sombre, un écrin pour elle toute seule.

– Qu'est-ce que t'en sais qu'elle n'a pas d'amants ?
– Je sais c'est tout.
– Quand même, y a maman !

Et puis les Charbonnages de France. Chaque année la photographie, je ne me souviens pas du nom du studio, maintenant elles sont en couleurs et ma grand-mère avec un air de ne pas savoir où elle est, entourée par mesdames Freyssinet, Duverger, Eliakim, et d'Édith La Rosa que j'ai connue quand j'avais quinze ans. Madame Édith La Rosa. Les républicains espagnols. Le coup de parapluie qu'elle donnait sur la tête des types qui lui mettaient la main aux fesses dans le métro. L'horrible chapeau mexicain qu'Anna, Meige sa sœur et elle avaient choisi pour me l'offrir au retour de leur voyage organisé au Mexique : les ruines du

Yucatán. Les Mayas. Anna écarquillait les yeux, ah oui, il faut le voir pour le croire ! C'est Édith La Rosa qu'Anna regarde sur la photo : qu'est-ce que je voulais dire pas la messe bien sûr ?... Elle garde une cigarette aux lèvres.

– Elle fume comme un homme, dit Anna. Elle ne se laisse pas marcher sur les pieds, elle au moins.

– Et cette dame ? ma mère lui demande en tendant le doigt.

– Tu ne la connais pas ? Elle s'appelle Ginette Kerber. Oui, madame Kerber, elle est partie maintenant.

Anna hausse les épaules ; on n'a plus rien du tout à se raconter. Ma mère essaie son sourire amusé. Nous, on voudrait vite rentrer à l'ILM. On attend le signal du départ ; vous avez des devoirs, non ? Magali sourit : oui, plein ! On veut se casser fissa. Moi je préférerais nettement descendre me balader sur le boulevard, vérifier les Kabyles qui traînent et le monsieur Sacha de ce dimanche-là, assis sur la chaise du trottoir. Ils ont des belles histoires par ici, des histoires d'amour à la pointe du couteau, des vols à la tire et aussi des honneurs blessés, à coups de couteau.

– Ah si c'est vrai ! Anna s'indigne. Moi je l'ai vu, il avait un couteau long comme ça !

– Bon, allez, on y va, continue ma mère.

Parfois on l'a bien plantée, on ne lui a pas donné la réplique si on trouve qu'elle a été trop dure avec Anna.

— Bon, vous y allez, tu ne veux pas regarder ça d'abord avec moi ?

C'est toujours pareil quand on part. Anna a acheté des choses au marché, elle a mis sur la commode les tickets de caisse, elle a rajouté un truc gratuit, mère et fille, après tout. Puis il est déjà presque trop tard, on a dépassé les quatre heures de l'après-midi, Anna rapporte de sa chambre nos vêtements, elle est toujours bien habillée.

Elle était élégante ma grand-mère, élégante à son travail et sur le boulevard, où elle ne connaissait personne, où elle en était au début d'être à jamais perdue, mais dans sa chambre, ça allait. Bon, vous revenez me voir bientôt ? Mais oui, Anna. On opinait que oui, tu peux compter sur nous. Ma mère en manteau ne haussait presque plus les épaules, se retenant de dire qu'il ne faut pas abuser des bonnes choses.

— Oui, Magali souriait, mais tu peux passer aussi hein ?

Ma grand-mère avait déjà des choses à faire dès notre départ, le linge, la vaisselle si elle avait résisté à son envie pendant qu'on était là, vous ne voulez pas des mandarines ? Une pomme, pour le voyage ?

Et la dernière chose qu'on voit, toutes ces années : la tête d'Anna à la porte tandis que nous descendons les marches, ma mère qui semble tout à coup chaussée de talons de dix centimètres retrouve ses grimaces habituelles ; mais ça a un peu empiré chez Anna comme si elle avait rajouté les sous-titres.

— Ouh là là, il ne manque plus que ça, je vais me casser la tête !

Anna ferme sa porte, on ne voit plus son visage, elle verrouille toutes les serrures. Étienne lui a rajouté un rideau de velours bleu derrière, contre les courants d'air qui montent dans les étages des expulsés. Je suis le premier en bas et au rez-de-chaussée je regarde les boîtes aux lettres, le commutateur rouge de la lumière en panne fait son petit bruit tournant, il bourdonne, cette lumière on la voit toujours. La porte n'est jamais fermée, attention aux voleurs, les poussettes sont interdites dans les étages, loyer dernier rappel, le 5 du mois courant, interdit aux démarcheurs et aux représentants, merde à la police, gaz à tous les étages. Dès que j'ouvre la porte je respire, on a usé tout un dimanche dans la rue de Tlemcen, on n'en a pas trop profité.

***

Anna sort dans la rue. Elle va à l'angle du boulevard, à peine cinquante mètres plus loin, station Couronnes, ou bien Ménilmontant. Parfois elle remonte plus loin si elle se laisse aller à regarder les choses, elle va faire des courses sans intention particulière quand ce n'est pas jour de marché. Elle ne connaît pas les gens, elle ne les reconnaît pas, il lui faut faire une pause avant d'imprimer la photo, alors elle fait toujours le même grand sourire derrière ses lunettes papillon. Elle reste très belle jusqu'à ses soixante-dix ans. Être une belle femme, ce n'est pas forcément plus facile pour elle que d'être une moins belle femme, ces choses sont compliquées, elle n'en parle jamais. Comment peut-on parler de ça ? comment peut-on parler de soi ? Donc elle avance, ce n'est pas qu'elle ignore les personnes qui la saluent, devant le café des Kabyles où trône sur sa chaise en rotin un des monsieur Sacha de l'endroit, il regarde des choses en fumant des cigarettes lointaines comme La Mecque ou l'odeur du laurier, au printemps. Elle hâte souvent le pas à cause de toutes ces histoires de couteaux et d'amours déçues, dont elle a connaissance par sa demi-sœur à l'autre bout de la rue, et peut-être aussi par sa vie d'avant. Drames de la jalousie ou de la passion amoureuse : c'est la maladie secrète de la chambre d'Anna si ça se trouve ? Parfois, elle arrive presque à la Nation, qu'est-ce que je voulais dire pas la messe bien sûr ?... Elle a toujours cette façon de s'accrocher aux choses dans les vitrines, de se promener dans sa vie comme si elle n'était pas vraiment d'ici, de nulle part non plus, ma grand-mère Anna. Je la vois comme une jeune femme, maintenant.

Ce sont les endroits détruits et dépassés d'une vie qui n'aura plus jamais lieu, elle n'a peut-être même pas vraiment eu lieu, en fait, alors ça va bien comme ça. Arrivée place de la Nation, pour Anna un truc qui tourne est un risque assez évident de se trouver prise dans un tourbillon, un truc sans fin comme une valse à trois temps, mais non, elle a dû prendre rendez-vous avec une amie, madame Gauthier ou Édith La Rosa. Adolescent je les ai aperçues quelquefois ensemble.

— Anna vous voulez venir avec nous ?

— Oui, où ça, qui est-ce ?

Ma grand-mère leur demande à plusieurs reprises, avec un air discret et réjoui, disons la tangente entre les deux. Elle marquait sur son agenda, et la réservation, vous me direz combien je vous dois ? Employée bien trop méritante elle n'acceptait pas les cadeaux. Elle ne croyait pas aux cadeaux. Avec ses copines elles allaient voir Holiday on Ice, ça la faisait rêver, Holiday on Ice, comme la grande piscine de madame Hart. Elles allaient à l'Opéra-Comique et aux pièces de boulevard, celles avec un changement à la station République, comme lui indiquait Édith La Rosa, qui avait compris bien avant nous ce qui guettait Anna, tapi dans ces années où elle sortait le soir, super bien habillée. Ses chemisiers à col long, blancs, à jabot. Ses tailleurs dans les tons pastel, ou écrus. Le nom des couleurs, parme, de cyan, fuchsia, qu'elle utilisait pour parler des tissus, des habits des vitrines, et quand ma mère lui demandait de redire la couleur, Anna sortait le nom comme un gros mot.

— Écru, ma mère insistait, exagérant son sourire, tu es sûre Anna ?

Ma grand-mère hochait la tête obstinément.

– Oui, écru, je te le montrerai si tu me crois pas. Tu verras !

Ma mère faisait la moue comme si quelque part ça l'embêtait quand même qu'Anna ait trouvé le mot.

Édith La Rosa les attend, avec peut-être Meige sa sœur et madame Freyssinet, en bas du faubourg du Temple, direction le Cirque d'Hiver ou le métro pour un théâtre des boulevards, Anna porte un gant d'une main dans l'autre encore couverte. Il fait froid. Attendre. Elle est le genre de femme que les hommes matent, en passant ils lui disent des paroles qu'elle n'entend pas, ou si elle les entend, elle hausse seulement les épaules avec une seconde de retard.

– Excusez du peu !

Elle dit souvent cela. Après elle lève les yeux au ciel, ce qui est pour elle le plus haut degré de l'énervement ou pas loin, en public en tout cas.

– On a le temps de boire un thé avant ?

– Je ne sais pas, répond Anna. Qu'est-ce que vous en pensez, Édith ?

Elle a un fermoir à sa montre. Une petite chaîne très fine relie le fermoir au bracelet. Comme souvent ce sont des spectacles en hiver, elles portent toutes un manteau, avec des camées au col, Anna a un col en fourrure, c'est son renard. Elles vont sans doute dans un grand café des Boulevards. Elles sont heureuses ensemble, le temps que ça durera, et on ne peut sans doute imaginer combien de temps ça durera, vu comme c'est loin. Anne Freyssinet qui se traîne un vieux cancer. Édith La Rosa, son nom d'emprunt en vérité, a eu toute sa famille exécutée ou mise en prison par les policiers espagnols. Les enfants perdus, les filles perdues aussi, et vous, Anna, comment allez-vous ? Vous avez une mine superbe !

Moi ? Ma grand-mère ébahie, elle souriait vers les lumières qui s'écrasaient sur la vitrine de la brasserie. Anna parle peu, si elle parle c'est qu'elle est fâchée, elle a besoin de plusieurs jours pour s'en rendre compte et même, pour certaines choses, je crois que ça lui a bien pris toute une vie. Moi ? Moi ? Est-ce un mot trop encombré de tiroirs pour elle ? Ou bien je l'améliore, comme dit toujours Magali, tu l'améliores la vie, tu rêves petit puceau, tu l'améliores mais en fait tu ne dis pas la vérité. Maman, tu ne vois pas comment elle est ? Tu l'améliores aussi. Et toi tu t'améliores aussi.

– Et toi ? je lui demande. Je t'améliore ou pas ?
– Moi ? T'es bête ou quoi ?

Quand je serai adulte et vacciné contre la fièvre jaune, la peste et le choléra, je serai amélioreur de vie humaine, en commençant par celle d'Anna. Bientôt elles repartent, sous les ordres de madame Freyssinet qui a organisé cette sortie, ne pas être en retard ni trop en avance, être juste à l'heure c'est bien. C'était à l'heure d'il y a longtemps. Elles se vouvoient, elles se quitteront dans quelques heures à République. Quand il est trop tard, elles partagent parfois un taxi. Elles sont contentes.

* * *

    Anna a pris place dans le compartiment, elle a enlevé un gant pour ne pas le salir à la barre du métro, elle a une grosse bague comme ses sœurs. Elle regarde parfois le trajet de la ligne comme si elle voulait être sûre, au bout d'un demi-siècle qu'elle le fait, ou bien elle pense à madame Freyssinet, elle est bien fatiguée maintenant. Elle est la seule à avoir eu un mari à plein temps, décédé ouf tant mieux, mais elle ne voit plus ses deux filles. Son cancer a été guéri une fois à l'hôpital Bichat, puis il est revenu l'embêter. Ou encore, elle refait dans sa tête le trajet d'Édith La Rosa, ce soir la petite Édith La Rosa portait un imper noir alors qu'il faisait assez froid pour un manteau, mais elle n'a pas d'argent. Elle a un sacré caractère mais elle est « fauchée comme les blés ». Ceci brinqueballe dans les couloirs Dubon Dubon Dubonnet, les voitures bleues et jaunes du métro, les dernières années des deux classes séparées, ou alors est-ce déjà fini ? Anna se sera payé la première, histoire d'améliorer ce qui se peut. Quand elle a terminé de regarder la ligne du métro, elle ne regarde plus rien du tout, ou les petits panneaux publicitaires au-dessus des strapontins, Meige n'est pas venue ce soir. Mais souvent elle vient, et leur petite demi-sœur, celle qui a passé quelques années en Belgique, là-bas elle était repasseuse. Un jour ses frères sont allés la récupérer divorcée gare du Nord, « des bleus gros comme le poing » sur tout le corps. Elle habite dans la même rue qu'Anna elle aussi, dans un ministudio d'angle avec vue imprenable sur les bagarres du bar d'en bas, Anna frémit à l'entendre, la taille des couteaux, au moins deux fois ma main, je te le jure Anna ! J'ai appelé les policiers... Ma grand-mère hoche la tête : qu'est-ce que je voulais dire... pas la messe bien sûr ?... avec un couteau long comme ça ?

Elle a peut-être encore dans la tête Holiday on Ice, elle chantonne les refrains quelques jours, et ensuite, le programme est rangé dans la commode, et plus rien. Attendre l'hiver. On y est allés avec elle, Magali et moi, et ses autres copines, ah regarde les toilettes ! Quelle grâce, c'est l'entraînement, opinait Meige. Quant à madame Freyssinet son étonnement prioritaire c'est que la glace ne fondait pas plus vite, ils doivent avoir des grosses machines ?... Je me demande bien, murmure madame Freyssinet, mais pas de quoi cependant réveiller ce soir-là ses humeurs cancéreuses. Puis Édith, qui a l'autorité naturelle sur la troupe, surveille d'un œil noir et satisfait l'évacuation des copines, vous êtes contente Anna ? Tout à l'heure elles s'appelleront, comme elles n'ont rien de plus à se dire elles laisseront sonner deux fois le téléphone, Anna oublie souvent. Elle est très indépendante, ta grand-mère. Elles sont des centaines de femmes comme elles à Holiday on Ice. Anna a dû rêvasser un peu plus qu'en sortant

du travail puisque à plusieurs reprises, il lui est arrivé de louper sa station, à chaque fois c'est pareil.
— Mais où donc avais-je la tête ?
— Anna, gémit ma mère lorsque Anna lui raconte, tu peux pas faire attention ?
— Je me suis retrouvée à Colonel-Fabien, poursuit Anna qui ne peut s'en empêcher. Quand je m'en suis aperçue, je suis rentrée à pied !
— Mais par où es-tu donc passée ?
— Euh, je ne sais pas. Excusez du peu. J'ai mis une heure entière ! Oui, je suis rentrée à pied de Colonel-Fabien sans me tromper !

* * *

Elle aurait pu durer toujours, sa vie rue de Tlemcen, à force elle avait dû finir par croire qu'elle ne devrait pas déguerpir pour de vrai. C'était dans l'îlot 7, destiné depuis la fin de la guerre à la démolition, pas loin de la rue Vilain, où là, ça a commencé bien plus tôt que rue de Tlemcen, et où ça n'est pas encore terminé aujourd'hui. Elle espérait encore Anna : mais qu'est-ce que j'irais faire ailleurs ? Au moins elle aurait une vraie salle de bains, pas un cabinet de toilette caché dans un recoin de sa chambre que surveillait sa mère en photo. Ils avaient tous une photo de Marie sur leur table de nuit, ma mère aussi, l'avaient-ils décidé ensemble ou chacun de son côté ? Était-ce pour cette raison aussi que les hommes ne restaient pas longtemps dans le lit des femmes de cette famille ?

Ou encore autre chose, pour être impeccable et nickel aux Charbonnages de France, Anna se lavait le dimanche dans une grande bassine, elle n'allait plus aux bains douches où « on manque d'intimité », une bassine de celles où on mettrait des triplés ensemble, elle avait dû l'acheter au sous-sol du BHV ou dans le grand bazar du boulevard de Ménilmontant. Anna ne voulait pas partir, ensuite elle n'a plus eu d'autre choix que de leur obéir. Un autre de ses frères, encore un, n'habitait pas loin de là où ils voulaient l'envoyer, à la mairie, du côté de Rosny-sous-Bois, près du ruban géant de l'autoroute de Lille et à côté du centre commercial Rosny 2. Ta grand-mère à Rosny 2, eh bien, on aura tout vu ! Tant d'années étaient passées ! On a débarrassé la chambre.

Étienne et Paul sont venus. Paul ne travaillait plus et Anna venait de prendre sa retraite, à soixante-sept ans révolus. La dernière photographie, madame Freyssinet alitée par le cancer après avoir vu Holiday on Ice à la Villette, Édith La Rosa avait déménagé dans un village du Sud-Ouest où ça coûtait moins cher de vivre. Quand tout serait terminé, elles s'écriraient encore des lettres, ma chère Anna, elles se verraient probablement de temps en temps, elles s'étaient fréquentées pendant près de cinquante ans. Anna était émue à nous montrer la photo en couleurs. C'était une fête exprès en son honneur. Anna boit une coupe de champagne ; elle a toujours le regard aussi surpris d'être là devant tous ces gens, le type a fait un discours sur la grandeur des employés à vie des Charbonnages de France et qui, comme elle, ont donné leur vie à cette cause. Elle a reçu son cadeau, ses copines des Charbonnages qui ont toutes vu cent fois Holiday on Ice se sont cotisées, elles rient sur la photo en la regardant. Anna je ne l'ai jamais vue rire comme ça, les dames auront fait une grosse quête ? Et le soir, les yeux mi-clos ou bien tout ronds derrière ses lunettes papillon, dans le wagon du métro, avec son bouquet et son cadeau, l'invitation de la Ville de Paris pour lui remettre la médaille des gens expulsés après cinquante années de vie dans leur bureau, elle est un peu sonnée.

— C'est vrai, nous dit ma mère, là je comprends, ça n'est pas évident.

Magali hausse les épaules.

— Tu trouves ? Elle pourra voyager, elle pourra aller voir ses amies ?

La dernière nuit d'Anna dans la chambre de la rue de Tlemcen. Elle pense : qu'est-ce que je voulais dire pas la messe bien sûr ?... Elle s'allonge sur son lit. Ce ne sera pas sa dernière chambre évidemment, mais elle n'en aura jamais une autre comme ça. Elle entend son réveil, elle se lèvera très tôt. Elle aura à peine fermé l'œil. Étienne a pris deux jours de congé, ils ont démonté des choses devant Anna les bras ballants, un peu perdue quand même dans sa blouse à fleurettes bleu ciel. Elle sera bientôt pour toujours perdue, je crois bien. Un jour un nouveau chronomètre se met en marche et il vous casse toutes les anciennes mesures du temps.

— Anna, tu veux que je décroche les doubles rideaux ? Tu pourrais demander une reprise.

— Oh non, ça va.

Ensuite son deuxième frère est arrivé, elle s'était occupée de lui petit, tiens mon frère, tu vas bien ?

Oui ma sœur, tu as bonne mine.

Il était un as de coursier à vespa même lorsqu'il était à jeun. Un jour prochain, tous auront disparu.

— Je ne sais pas, dit Anna, toujours plus à l'aise avec ses frères, on pourrait regarder quand même, pour les doubles rideaux ?

— Tu as la feuille des mesures, Anna ?

— Les mesures, quelles mesures ? Ma grand-mère ébahie par-dessous ses lunettes papillon. Attends, je crois que je les ai mises quelque part.

Le sourire en coin d'Étienne. La vie qui change dehors quand rien ne change ici mais bientôt, il n'y aura plus rien ici. Anna fouille dans son nouveau sac à main offert par les copines, un beige avec des poches pratiques pour garder les choses en ordre, un fermoir doré. Les fermoirs dorés d'Anna, partout où il y avait des trucs à fermer.

— Non, remarque, je vais les changer. Je pourrais toujours en acheter des nouveaux quelque part.

— C'est comme tu veux, Anna.

— Bien mon frère. Alors, je veux ça.

* * *

Ce samedi matin on est arrivés tôt rue de Tlemcen. Sans nous rendre bien compte on allait seulement arracher le cœur d'Anna. Meige, Étienne et Paul étaient venus de la rue de Crimée encore plus en avance pour garder une place à la camionnette louée avec un chauffeur. Personne ne conduisait dans la famille, sauf ma mère et c'était récent. Magali l'a compris tout de suite : on a trouvé Anna en blouse avec ses lunettes toutes embrumées comme si elle avait passé la nuit à faire de la cuisine à la cocotte-minute. Elle était simplement en train de mourir d'un chagrin sans nom. La porte, elle n'avait même pas poussé le gendarme. On avait tous des gendarmes aux portes, ils ne risquaient pourtant pas tellement de se faire voler, vu qu'ils n'avaient rien à eux. Mais bon. On était venus avec la première voiture qui marchait vraiment de ma mère, une Toyota Celica qui ne se faisait pas remarquer. Pourquoi je me souviens du créneau impeccable qu'elle a fait pour se garer ? Ma mère allait conduire Anna en voiture dans son nouvel appartement. Quand on est rentrés chez elle, elle a enlevé son tablier ; ma mère a jeté un œil à la chambre d'Anna, elle surveillait les cartons. Elle était bleu métallisé, la Toyota. On n'était pas loin du boulevard et ma mère avait réussi un créneau rentrant en marche arrière ! Anna nous a souri mais on n'était pas prioritaires ce jour-là. Dehors, le grand chambardement de la vie avait déjà bien démarré. On avait vu une chaise sur le trottoir, un monsieur Sacha pas très âgé fumait une cigarette en lisant le journal de la belle ville d'Oran. Il ne nous a même pas fait grâce d'un seul regard ; mais, j'en étais sûr, il devait savoir pour Anna. Il portait une chevalière en or et du trottoir, il regardait longuement les traces d'huile sur l'asphalte, les dessins que ça faisait, avant de jeter son mégot.

Les Kabyles à couteaux longs comme ça partaient aussi, ils allaient quelque part en banlieue où il leur faudrait trouver un nouveau Balto, un nouveau Soleil, un autre Montagnard qui fasse aussi le PMU et où les histoires d'amour de Ménilmontant pourraient continuer de s'épanouir en jolies fleurs couleur de sang.

— Ça va ? comment te sens-tu ?

Anna a répondu avec un long sourire complètement vaincu. Elle était fâchée qu'on la voie comme ça.

— Tes frères sont là ?

— Oui, tu ne les as donc pas croisés ? Je voulais leur faire un café. Je ne sais plus où j'ai mis la cafetière.

Magali se mordait les lèvres. Je suis redescendu. La camionnette est arrivée à l'heure et même les Kabyles les plus réservés de la Montagne n'ont pu qu'admirer comment deux types à la ressemblance à peu près familiale s'engueulaient pour montrer la manœuvre au chauffeur. Il fallait se garer à la bonne distance pour charger les cartons. Paul avait la tchatche liée à sa fréquentation des débits de boisson mais Étienne avait sans doute plus le compas dans l'œil. Faute d'y avoir mis son grain de sel, le chauffeur a redémarré quand il a vu une place juste à la porte d'entrée de l'immeuble des expulsés de la rue de Tlemcen. Alors bon. Ça sentait vraiment la toute fin de ces années-là. Pourquoi Anna n'avait-elle pas refusé son expulsion comme Meige, Étienne et Paul l'avaient fait avant elle, avec lettres à en-tête et lettres dactylographiées qui montrent ce que cinquante ans aux Charbonnages de France peuvent faire comme paragraphes, interlignes, et attendu que nonobstant ?

Elle avait fini par abdiquer pour raison subsidiaire. Un autre de ses frères vivait dorénavant dans une tour à Rosny 2, marié à une représentante de la filière belge, une amie de leur demi-sœur qui vivait au coin de la rue de Tlemcen, au-dessus de L'Étoile de Biskra. Rapatriée de Bruxelles celle-ci passait son temps libre à surveiller de la fenêtre en fumant ses Gitanes, qui était le vice de sa vie avec les babies de scotch sans glace et les histoires d'amour à coups de baffes, le grand frisson que vous donne le malheur d'être en vie quand on y croit encore. Elle avait été ouvrière de pressing, maintenant elle travaillait dans la photocompo. L'Étoile était un autre bar qui tout le temps qu'elle avait vécu là avait sans doute parfaitement échappé à ma grand-mère. Elle ne buvait que le thé avec Édith

La Rosa ou madame Freyssinet et un moustachu inconnu au bataillon qui l'avait courtisée à fonds perdus pendant un demi-siècle de dactylographie et de secrétariat privé du grand patron, sans même s'en rendre compte, sans oublier les autres propositions d'avantages en nature. Personne n'avait vraiment franchi le seuil de la chambre d'Anna, je crois bien. Elle ne s'était résolue à appeler le médecin que deux fois dans sa vie. Elle était du genre à ne pas mourir aux frais de la mutuelle et de la Sécurité sociale. J'ai cherché un monsieur Sacha à qui parler, parfois, ils vous disaient des choses, comme ça. Mais rien. Je suis remonté chez Anna. Ses frères étaient en train de s'engueuler au sujet du camion.

Elle était dans sa chambre. Elle se tenait un peu tournée vers l'ancienne armoire, ma mère la regardait par en dessous pour savoir sans le montrer.
– Allez Anna, tu seras mieux là-bas !
– …
– Tu auras une grande salle de bains, ça va te changer, crois-moi !
– Bien sûr, a dit Anna, excusez du peu. Une grande salle de bains ! Que veux-tu.
Ensuite elle a sorti un mouchoir du poignet de son chemisier blanc, elle s'est mouchée très fort au milieu des cartons partout, juste avant le déménagement. Ils se sont mis à descendre les cartons, sans gueuler, ce qui voulait dire qu'on n'en aurait pas pour cinq plombes à déménager la vie d'Anna dans une tour de Noisy.

– Bon, à plus tard, on va aller attendre en bas. Magali est allée faire une grosse bise à Anna, qui a pris ça avec la philosophie des poissons rouges en aquarium, tout à coup ils se retrouvent transportés dans une mer du Sud par un super bathyscaphe du commandant Cousteau. Je ne vois pas du tout ce que vous voulez dire par là, mon jeune ami. À cette époque et en public ma mère m'appelait parfois mon jeune ami pour épater la galerie : j'ai trop plein de souvenirs qui affluent en même temps qu'Anna a sans doute envie de rester seule dans sa chambre encore une fois. Elle s'assied sur les cartons qu'on n'a pas encore emportés. Le mur lépreux par la fenêtre, recouvert d'un crépi froid comme la mort des autres gens. Les rideaux qu'elle avait décrochés, elle les nettoyait tous les quinze jours, pour rien. Les deux angelots en cristal de Bohême. La grande armoire. Ils n'allaient pas la transporter. Les petits cartons les plus importants de sa vie sont restés les derniers dans sa chambre. Elle ne voulait pas qu'on y touche, même sa fille, même Étienne ou Paul.

Un moment après que Magali l'a embrassée, on est descendus voir ma sœur et moi si à L'Étoile de Biskra il y avait une place à prendre pour faire tapisserie. C'était un chouette quartier de cafés par ici. En fait on n'en était qu'au début de la fin et pas mal des monsieur Sacha ne croyaient pas du tout qu'ils allaient devoir partir loin eux aussi, à Aubervilliers, Saint-Denis, Évry ou Courcouronnes, au choix. D'ailleurs, ils sortaient une chaise le matin sur le trottoir et ils venaient s'asseoir de temps en temps, à surveiller le tout, le rien, les Toyota et les camionnettes mal garées.

— Tu te rends compte ? Magali a soupiré.
— Non, de quoi ?
Elle a hoché la tête sans me répondre.
— Laisse tomber.
— … ?
— Elle en a de la peine, mamie.

Je me souviendrai pour toujours des regards de Magali, comment elle avait deviné le sirop des rues d'ici et l'odeur de grand départ que ça avait pour Anna.

— Tu veux retourner à Asnières ou bien on reste ici ?
— Je sais pas.

J'ai essayé de deviner avec l'œil du cœur, pour parler comme elle, petit facteur presse le pas, car l'amour n'attend pas ! et tous les stickers love oh sweet love qu'on collait à nos jeans pour attirer qui son mec qui sa nana.

— On peut rester surveiller les cartons ? Ils ont dit qu'ils allaient devoir faire deux voyages.
— Oui, m'a répondu Magali. D'accord.

Cochez la bonne réponse et vous recevrez en poste restante un sticker super sexy pour une super love affair qui dure longtemps. N'empêche qu'Anna pleurait toujours quand on est remontés, on avait vérifié qu'on n'avait nulle part besoin de nous, et c'était toujours aussi vrai.

— Vous êtes sûrs ? ma mère a demandé.
— Oui oui, on rentrera en métro, pas de soucis.

Oh love sweet love give me your love before you can say Jack Robinson (n'importe quoi). Yes peut-être.
— Peut-être que je repasserai ? a soupiré Anna.

Elle a enlevé son tablier, elle a regardé vers la chambre. Elle allait avoir besoin de beaucoup de courage. Ma mère était préoccupée par le trajet ; par quelle porte fallait-il passer pour rejoindre au plus vite Rosny 2 ? La Chapelle ? Pantin ? Elle a haussé les épaules avec ses yeux calculateurs qu'elle avait dans son métier de secrétaire comptable et aussi, quand elle calculait les gens, au comptant, à crédit, débit, balance de fin d'année, le service est compris. Anna a mis son imper blanc. Son chemisier blanc aussi, son sac à main, et le faux sourire angoissé qu'elle a jeté par-dessus son épaule vers le plafond de cet appartement de la rue de Tlemcen.
— Tu crois qu'elle va s'habituer ?
— Bien sûr, j'ai répondu à Magali, c'est patent.
J'aimais depuis toujours dire des bêtises en lieu et place de vrais trous sans mots dedans pour les remplir. Ma mère sur le trottoir a fait le tour de sa voiture avec un regard soupçonneux. Des fois qu'on la lui ait rayée mais en fait non. Elle a ouvert la portière pour Anna. Elle est rentrée comme dans une boîte inconfortable, un cercueil ou je ne sais quoi. Elles sont parties, Anna regardait droit devant, son sac à main sur les genoux. Les cartons les plus secrets sur le siège arrière. Puis, on est remontés dans l'appartement de la rue de Tlemcen, à l'angle du boulevard de Ménilmontant.

Ils continuaient le déménagement, on voyait les cartons disparaître et ils avaient besoin d'un coup de main pour surveiller. Tout le monde était obsédé par ça, depuis bien longtemps, à Ménilmontant. Inutiles comme on l'était Magali et moi on s'est réfugiés dans l'ancienne chambre d'Anna qui était déjà devenue moins belle, l'armoire n'allait pas bouger d'ici. Par la fenêtre le crépi du mur gris et sale avait gagné depuis longtemps ; il allait encore monter plus haut avec le départ d'Anna, et ce serait encore la victoire de la crasse et du manque d'humanité. On aurait dit un mur de vieille banlieue comme à Clichy, avant le pont. On s'est assis par terre, autour des cartons de la fin où s'entassaient des choses bancales, même pas fragiles, des draps, des couvertures et les doubles rideaux. On a ouvert la boîte à couture à étages. On a ouvert l'armoire, elle a grincé, on l'a refermée. On s'est regardés dans la grande glace du milieu.

– Comment tu me trouves ?

Magali faisait la moue, ses lèvres bien arrondies, pulpeuses, une main sur les hanches, comme pour les chansons d'amour qu'on écoutait le soir, au lit, sur Europe 1.

– Ben, ouais, pas mal.

– Vraiment, tu trouves que j'assure ?

On en a vite eu marre de tourner en rond dans la chambre d'Anna avec rien à se mettre sous la dent. Il n'y avait pas de secrets dans cette chambre, finalement, ou c'étaient des secrets qui se gardaient bien tout seuls et ne pourraient donc jamais être découverts. Peut-être le gris froid du mur aveugle à côté. Les deux anges sur la commode disparue. Anna qui avait dormi seule ici cinquante ans d'affilée. Magali lui avait inventé une vie secrète pour qu'on s'ennuie moins les dimanches. Déjà qu'elle était née à Tlemcen, Algérie. Y aurait-il d'autres monsieur Sacha à Noisy-le-Sec, du côté de Rosny 2 ? Maintenant sa vie Anna allait la continuer dans une tour où ça vente souvent, une tour un peu récente encore, mais déjà plus tellement. Et voilà.

On a encore rêvassé pendant une heure, le temps qu'ils descendent les cartons. Quand ils ont terminé, la chambre était juste devenue une autre pièce nue, un endroit inhabité dont il ne resterait plus rien, quelques mois après l'expulsion, en attendant les bennes Poclain et puis les Komatsu. On a ouvert les portes une dernière fois. Les frères d'Anna et les déménageurs étaient allés boire un café avant de s'attaquer à la deuxième partie, qui était la plus courte. On est descendu les attendre près des boîtes aux lettres. Elles sentaient un peu comme le mur aveugle par la fenêtre de la chambre d'Anna. Elles étaient en fer noir pas décoré. Elles avaient des prospectus au sommet pour les gens qui cherchaient du courrier à défaut d'en recevoir et lisaient assidûment les prospectus, notaient les numéros des plombiers et des serruriers, accumulaient les bons d'achat. Quelques-unes avaient été forcées par des gens qui n'avaient pas de clé pour les ouvrir. C'était mieux de ne pas les fermer à clé.

Quand elles sont revenues, ma mère avait l'air soulagée. Elle était contente aussi de ne pas s'être trompée de trajet par la porte de Pantin. Anna marchait sans rien dire, un peu perdue. Elle est allée dans la petite cuisine et elle a regardé le chauffe-eau. Elle avait insisté pour revenir, on voyait une petite flamme qui pourrait tout faire sauter, elle a baissé les lunettes papillon sur l'arête de son nez. Elle a trouvé du Paic citron, un coup à l'évier, tout était propre pour la démolition de bientôt.
— Je ferme le gaz, non ?
— Oui, tu le fermes, a dit ma mère.
Ensuite elle a souri vers nous histoire qu'on s'amuse un peu mais on n'avait pas le cœur, à cause de tout ce temps qu'on avait attendu. La camionnette des déménageurs est partie. Le compteur électrique. Le compteur d'eau. Les chiffres à inscrire dans les cases. La minuterie. Un téléphone gris, un moche de ces années-là, qui ne sert qu'à parler des choses utiles de la vie, avec des voix un peu voilées dans les fils.
— Tu as pensé à résilier ton abonnement, Anna ?
— Non, je le ferai lundi. Si mes copines veulent m'appeler.
Anna, sa mise en plis de blonde « tirée à quatre épingles » pendant soixante-sept ans, avant de se retrouver dans une tour de Rosny 2. Elle cherchait vraiment ses mots tout à coup. Qu'est-ce que je

voulais dire ?... Elle ne le disait même pas. Elle est passée dans sa chambre. On l'a suivie Magali et moi. Elle a regardé la marque des pieds du lit sur la moquette. Puis, l'armoire de toute sa vie sur un grand pan du mur. Elle en a ouvert les portes, tout avait bien disparu. Le bruit noir et qui grince. Les deux tiroirs où elle avait rangé les secrets d'une vie qui était déjà bien entamée. Les colifichets qu'elle rapportait de ses voyages. Les yeux d'Anna quand elle a quitté la chambre. En tout cas, à part ça, on s'était bien fait chier avec Magali à ne rien faire du tout, de la figuration dans le déménagement d'Anna. On allait rentrer à pied et en métro, non, on ne voulait pas aller s'emmerder à Noisy maintenant ; pas question !

En regardant Anna, ma mère s'est un peu radoucie.
— Allez, c'est bon ? On y va ?
Ma grand-mère a sorti un mouchoir en dentelle de sa manche, elle s'est plainte encore une fois du manque de lumière dans les escaliers. En bas on a cherché monsieur Sacha des yeux, Magali et moi on avait vraiment besoin de ce monsieur Sacha intemporel sur le boulevard de Ménilmontant pour nous expliquer qui on était, d'où on venait, et répondre à toutes les questions à la noix. Mais il avait dû aller faire la sieste, il avait changé d'avis ou d'endroit. Il était peut-être expulsable lui aussi ? On est arrivés près de la Toyota. On lui a fait des

bises comme si elle était redevenue une enfant de l'assistance publique.

– Vous viendrez me voir, là-bas ?
– Promis, a murmuré Magali. Bien sûr qu'on va venir, mamie.

On irait peut-être pas la voir souvent mais on irait quand même. Vous viendrez quand ? Bientôt. Anna est retournée dans son cercueil roulant avec son sac à main sur les genoux. On les a regardées s'éloigner.

* * *

La chambre d'Anna, inutile de le dire, je l'avais complètement oubliée. Le mur gris et froid du fond, où même les mauvaises herbes refusaient de pousser. L'odeur de pisse de chat, le gel. Le temps passé, ce qu'il peut faire froid maintenant ! Anna était contente dans sa tour de Noisy. Elle y était un peu paumée mais elle appréciait le confort moderne. Elle ne voulait jamais qu'on rentre dans sa chambre, les secrets sont bien gardés dans la famille : on n'en a pas. Personne n'aurait jamais le droit d'entrer, jamais.

Elle allait vivre encore beaucoup d'années là-bas. Elle serait plus ou moins perdue, même si dans son immeuble elle avait tout le confort, une baignoire, et la carte vermeil pour faire ses emplettes partout, plus loin que Rosny 2 ou Pantin. Elle n'a plus jamais parlé de la rue de Tlemcen, elle s'était obscurcie dans la mémoire de tous et avait disparu de la mienne, plus ou moins. Étienne passait sans doute encore surveiller les transformations du quartier, là où ils étaient arrivés enfants, mais il n'en parlait jamais. Il était vieux. Il préférait raconter le jardin du Luxembourg, le Chicago Blues Orchestra, le Budapest Philarmonic et les autres concerts gratuits, au printemps. Les brocantes à l'automne où ils vendent cher des saloperies.

Regrettait-elle Ménilmontant ? Je ne sais pas. Elle y avait ses souvenirs. Dans les magazines du centre commercial de Rosny 2 elle trouvait des adresses pour y retourner, acheter des choses vers le canal de l'Ourcq, les Orgues de Flandres, l'église Notre-Dame-de-la-Croix, à Ménilmontant. À présent elle allait à la messe de l'église de Pantin, avec les Antillais. Elle ne chantait pas si faux et ils regardaient avec curiosité cette dame blonde aux yeux bleus un peu écarquillés qui souriait pendant la messe comme si elle venait de découvrir. Quoi ? Qu'est-ce que je voulais dire pas la messe bien sûr ? Anna, la maladie d'Alzheimer a précipité son oubli. Elle était très élégante. Elle avait travaillé cinquante ans d'affilée pour la même boîte ; elle aimait Holiday on Ice, faire les boutiques, la cuisine, lire des romans d'amour, elle invitait mesdames Gauthier, Borsard, Cohen et Freyssinet, Édith La Rosa chez elle, à Noisy. Puis, elles aussi sont parties.

Bien plus tard je l'ai croisée quelquefois près de l'église de Pantin, elle passait pas mal de temps en allers-retours avec un bout de prospectus vantant les mérites d'une boutique qui avait l'air chouette.
– Tu viendras me voir ?
– Oui Anna.
– Oui mais quand ?
Ça a duré beaucoup d'années. Je n'y suis pas allé souvent. Une fois, Anna et moi on s'est croisés à la station des bus de la porte de Pantin, elle a fait un net effort pour ne pas me tomber dans les bras tellement elle était contente de reconnaître quelqu'un ; c'était bizarre de se retrouver là.
– Mais qu'est-ce que tu fais par ici ?…
– Je travaille pas loin, mamie.

Je ne suis pas resté longtemps avec elle car je devais sortir du boulot et que j'en avais ma claque. Mais elle a quand même pensé à me demander ce qu'elle voulait dire pas la messe bien sûr et ah oui, quand est-ce que tu viens manger ? Ensuite, elle a repris sa position d'attente du 347, du 252 *bis*, un pied un peu en avant et son sac à fermoir doré devant elle, comme si en vrai elle faisait la queue dans une grande station galactique, où c'est Holiday on Ice qu'on joue au bout de la ligne à guichets fermés : tout ce ciel au-dessus de nous.

Parfois elle regardait les fenêtres de son dix-septième étage qu'elle s'obstinait à ouvrir tous les samedis matin « pour aérer ». Magali est partie très tôt aux États-Unis, elle me demandait si elle allait bien. Oui, Anna. Elle irait la voir une fois, en Amérique. Elle reverrait madame Hart. La dame très maigre et desséchée près de la piscine de Los Angeles sur Seine, à Ménilmontant. De là-haut elle restait des heures à observer le tracé des autoroutes A3, A86, surtout la nuit, les rubans lumineux que ça faisait.

— Alors, quand je suis allée à Bruges, je suis passée par là ?

— Ben oui, tu es passée par là, Anna.

— Tu es sûr ? Avec le car de la ville ?

Avec madame Freyssinet les premières années, qui gardait bon moral car elle n'avait pas changé de cancer depuis une bonne dizaine d'années. Les prospectus dans les tiroirs de la commode de la salle à manger ; elle était bien plus grande, elle était plus à l'aise maintenant. Plusieurs minuteries. Des types le soir parcouraient les étages avec leurs chiens, les communs, et même les sous-sols. Anna en était tout impressionnée. Les Africains de l'église, alléluia, ma sœur, Dieu est ressuscité !

— Ah bon, leur souriait Anna un peu rouge, vous croyez, où ça ?

Quand elle en avait fini avec tout ça, Anna retournait dans sa chambre où dorénavant personne n'avait le droit d'entrer. Seule Magali aurait pu y rentrer mais elle vivait loin à présent, dans le pays de madame Hart, elle aussi. Tout ça pour dire : la chambre d'Anna, je ne peux pas l'oublier.

Le sale temps adouci qu'il y faisait. Les années. Je l'ai vue une dernière fois.

***

J'avais presque complètement oublié la rue de Tlemcen. Ma grand-mère Anna était malade maintenant, elle avait dû quitter sa tour de Rosny 2.

– Anna, tu ne te souviens pas ?
– ...
– Où as-tu mis ton chéquier ?
– ...
– Où as-tu mis tes courses ?
– ...

Où as-tu mis ta tête ? Et son regard perdu suppliait qu'on lui réponde. Ma chère Anna.

Nous cherchions à déménager. On en avait marre ma femme et moi d'habiter à Gennevilliers dans la cité. On s'est dit tiens oui, à Ménilmontant. J'ai eu dans les mains l'adresse de la rue de Tlemcen. Ça alors, c'est là que ma grand-mère habitait ! Puis je me suis arrêté car elle faisait déjà la moue. Ne pas dire là où ils habitaient, qui ils étaient, la façon dont ils se comportaient. On devait être au milieu des années quatre-vingt-dix. J'ai appelé du travail pour prendre rendez-vous, une visite ça n'engage à rien, de toute manière oui c'est libre, vous passez prendre les clés ? Ce n'est pas grand je vous préviens, mais avec votre budget, à Paris... oui, merci. J'ai croisé un monsieur Sacha trafiqué dans la petite agence du boulevard, et avant de rentrer rue de Tlemcen, je suis allé jusqu'à l'école communale qui avait été celle de ma mère, et, bien longtemps avant, celle où la vieille dame des photos sur leurs tables de nuit avait été concierge. Ça m'a fait plaisir sur le coup, c'est idiot. Côté pair de la rue, nombre d'immeubles avaient été déjà remplacés, les Kabyles du coin avaient tous disparu, adieu, monsieur Sacha ! Princes du désert et amants des Shéhérazade du boulevard, nous avons beaucoup espéré grâce à vous ! Vous nous avez parlé toute notre vie : vous ne nous avez jamais rien dit. Un jour, comment fait-on pour devenir un vieux Kabyle assis sur une chaise du trottoir, si possible à l'ombre, avec peut-être une bière fraîche, un tiercé gagnant, et qui connaît sans doute plein d'étranges vérités. La chaise était vide cette fois-ci.

C'était un immeuble sans âge, pas très différent des autres de ce côté-ci de la rue. J'ai poussé la porte d'entrée un peu trop fort. À gauche, l'interrupteur rouge de la minuterie. Le frais dans la cage d'escalier. Les poussettes sous l'avancée en colimaçon. Un enfant regarde dans le coin où il y a peut-être une toile d'araignée. C'est au troisième étage. Les marches qui ont été cirées et puis, la latte rajoutée qui bouge toujours, mais elle a cessé de grincer, à force. Le bruit mesquin de la minuterie. La lumière rouge qui traverse la main. Une porte à moitié ouverte, une autre fermée avec un ruban par-dessus : interdiction de rentrer par décision préfectorale... travail de police. Je me suis souvenu des couteaux dont Anna et sa demi-sœur à l'autre bout de la rue faisaient des cauchemars et des contes à dormir debout.

Puis la marche complètement défoncée, creuse, comme on le dit d'une dent, celle où Anna avait manqué plus d'une fois de se casser la figure... Merde, je me suis dit, c'est pas possible, c'est pas vrai ? J'ai pris la clé et je me suis retrouvé dans son minuscule appartement. Elle avait déménagé vingt années plus tôt. La cuisine n'était pas propre, Anna l'avait quittée depuis longtemps. La salle à manger salon etc. juste derrière la porte d'entrée à trois verrous. Je me souviens des trois verrous. Les verrous sont parfois les endroits les plus rutilants de certains appartements. Ils avaient besoin de trois verrous dans cette famille, et sans oublier le judas ; la trace usée de la tringle pour la portière, à l'entrée. Les courants d'air. Elle était bleue, un bleu comme la moquette de la chambre. Comme le couvre-lit du divan où ma mère dormait dans l'ILM d'Asnières. Je n'étais pas si étonné que ça, finalement, de me retrouver dans l'appartement dont elle avait été expulsée, il y avait déjà si longtemps. Les grandes villes changent trop vite, ou alors très lentement, nous mourrons avant elles, et c'est tant mieux comme ça. J'ai regardé par la fenêtre et j'ai essayé de voir s'il n'y avait pas un monsieur Sacha quelque part, à qui je pourrais demander... mais quoi ? Pas de vieux Kabyle sur une chaise, et puis beaucoup trop de bruit montait du boulevard pour un seigneur à la monsieur Sacha, dans ce quartier. Il m'a suffi de quatre pas pour me retrouver dans la chambre.

J'ai vu l'armoire d'Anna recouverte de décalcomanies, toute sale, et par la fenêtre le mur gris, la même cour humide avec l'odeur de moisi, le passé, sans oublier les grosses poubelles. Je me suis dit des choses, je ne sais plus quelles choses. Des choses peu intéressantes sans doute. Pourquoi n'avaient-ils toujours pas détruit cet immeuble ? Aurait-elle eu une vie meilleure si elle avait continué dans la rue de Tlemcen ? Elle aurait finalement rencontré monsieur Sacha ! La moquette dégoûtante avec des taches de gras, des brûlures. Je suis redescendu, j'ai entendu sa voix, attention on se tord les pieds, ils ne peuvent pas mieux nettoyer quand même ! Et en route, mauvaise troupe ! Je n'ai même pas pris la peine d'aller rendre les clés à l'agence du boulevard. Ils ne me les ont pas demandées. De toute façon j'avais déjà préparé ma réponse : cet immeuble n'existe pas, cette chambre est interdite d'accès par ma grand-mère Anna qui est en train de disparaître à quatre-vingt-dix ans en long séjour dans l'Alzheimer, mais elle est très respectée par les monsieur Sacha du coin, qui sont les grands princes poètes du quartier, assis sur des chaises, et donc, au prix où vous louez cet endroit, les clés, vous pouvez vous les carrer dans le cul !

Je suis entré dans un café du boulevard. J'avais hâte qu'on soit samedi pour appeler Magali à San

Diego et savoir ce qu'elle aurait à en dire, à supposer qu'elle ait quelque chose à en dire, un truc différent, je ne sais pas ? J'ai bu un demi au comptoir. Un jour, on passe tous dans une chambre où on croit toucher du doigt la vie des autres gens. Une chambre comme celle de ma grand-mère, où c'est le no man's land, aucun homme n'était venu la déranger là-bas pendant presque cinquante ans. Et alors quoi ? Et alors ? Rien. Sinon raconter tout ça. Aujourd'hui c'est fait, mais nous sommes seulement aujourd'hui. La fin est arrivée depuis longtemps, pourtant, le générique n'aura jamais cessé de défiler. Sur le trottoir, en sortant du bistrot, je n'ai vu aucune chaise vide où j'aurais pu m'asseoir et ne plus jamais repartir. Alors, je me suis en allé.

DU MÊME AUTEUR

Moi aussi un jour, j'irai loin
Maurice Nadeau, 1995
et « Points », n° P2758

Ma vie d'Edgar
Le Serpent à plumes, 1998
et « Motifs », n° 159

Celui qui n'est pas là
Le Serpent à plumes, 1999

Fantômes
Le Serpent à plumes, 2001
et « Motifs », n° 187

Mon quartier
Fayard, 2002

Pour une femme de son âge
Fayard, 2004

La serveuse était nouvelle
Fayard, 2005

Le Perron
Cadex, 2006

Les Types comme moi
Fayard, 2007

J'attends l'extinction des feux
Fayard, 2009

Les Prochaines Vacances
(vu par Olivier Masmonteil)
Les éditions du chemin de fer, 2008

Avant les monstres
(illustrations de Leon Diaz-Ronda)
Cadex, 2009

J'aimerais revoir Callaghan
Fayard, 2010
et « Le Livre de poche », n° 32184

RÉALISATION : NORD COMPO À VILLENEUVE-D'ASCQ
IMPRESSION : CPI BRODARD ET TAUPIN À LA FLÈCHE
DÉPÔT LÉGAL : FÉVRIER 2013. N° 110187. (71285)
IMPRIMÉ EN FRANCE